Mujer contra mujer

Moon Karbel

Titulo original: Mujer contra mujer

Primera edición 2012 publicada en España

Copyright© Moon Karbel, 2012

Copyright© Ediciones Ofisa, 2012

C/. Zaragoza 1, 07181 Son Caliu – Baleares - España

Copyright © 2012 Moon Karbel

ISBN-10: 84-940662-5-0
ISBN-13: 978-84-940662-5-2
Deposito Legal: PM 1012-2012

Prólogo:
(Extracto de mi blog)

Dicen que quien tiene un amigo tiene un tesoro, estoy totalmente de acuerdo... Pero... he descubierto no hace mucho que no basta con querer esa amistad, porque si la otra persona no está dispuesta a "comprometerse", no puedes hacer nada. Sí, en la amistad también hay un compromiso ¡para mí, lo más importante es la LEALTAD! ¿Porque qué ocurre cuando descubres que un buen amigo(a) ha sido desleal hacia ti?

Lo último que he aprendido, estando en el dentista, es que las personas cambiamos... Pues sí, ¡cambiamos! Mi dentista, que es un hombre un poco "especial", me comentaba unas historias referentes a un compañero suyo de trabajo, un hombre que también conozco... Me ha impactado el hecho de que con una simple anécdota me haya visto reflejada..., ha sido muy gracioso.

La historia es que el compañero, le llamaremos Tomás, tiene la costumbre de hacer "siempre" lo que ha dicho que va a hacer y pretende de que los demás hagan lo mismo. Pues según mi dentista, Enrique, no siempre se puede hacer eso, porque las personas cambiamos de parecer... puede ser por un cambio de opinión o un cambio de circunstancias. Según Enrique hay que ser más flexible, porque todos tenemos dudas, temores, vivencias y no siempre podemos llevar a cabo lo que en un momento dado nos habíamos propuesto.

Yo le estuve escuchando sin hablar, a la fuerza, ya que tenía la boca muy abierta para facilitarle la limpieza dental que me estaba haciendo. Esto ha sido estupendo ya que pude escucharle hasta el final, en vez de dar mi opinión en seguida como es mi costumbre (estoy tratando de erradicarla), y descubrí que ¡Enrique tenía razón también! Reconozco que yo soy más del estilo de Tomás, pero la experiencia me ha demostrado que no puedes esperar de los demás lo mismo que tú das, por la simple razón de que todos tenemos diferentes realidades en nuestras vidas. ¡Entonces, sí! Las personas cambiamos de parecer, de ideas, de opinión, y no es por maldad, ni por hacerte la puñeta, simplemente es porque uno es como es pero con sus circunstancias.

Volviendo al tema de las amigas, y después de lo del dentista, me quedé pensativa. Si somos lo que somos y además nuestras circunstancias; cuando una amiga no te llama por ejemplo, no es porque no se acuerde de ti, puede ser por mil y una razones que tú desconoces... podría dar ejemplos, pero creo que no hace falta, ya que todas nos podemos ver reflejadas.

Todo esto parece una tontería, pero me he dado cuenta de que TODAS comentamos ese tema alguna vez, sobre todo cuando nos sentimos solas y bajas de ánimo, a todas nos ha afectado en un momento de nuestra vida... Por eso me parece importante decirlo y sacar una conclusión: "No olvides llamar a tus amigas, y no esperes que pasen los meses, que la vida es un suspiro y un día será demasiado tarde".

—¡Vaya día!

Un sin parar, pero he tenido mi momento de relax tomando un laccao con una amiga... Y claro entre unas historias y otras le he dicho que a lo mejor voy a hablar de ella en mi blog; se ha asustado un poco... y entonces me da que pensar:

—¿Algo que esconder, Teresa?

Pero que no se preocupe nadie, lo que voy a contar es un conjunto de historias reales, con nombres falsos, a las que he añadido momentos inventados, pero la que se quiera sentir identificada, ¡ádelante!

Justamente quería decir que cada amiga es "para algo". Me explico: está la amiga para ir de compras, le amiga para charlar, la amiga para hacer deporte (más que nada porque te "obliga"), la amiga para ir de cena y copas, la amiga para juntarse en pareja, la amiga para juntarse con los hijos y me imagino que para otras habrá más opciones, como por ejemplo la idea que me dio mi amiga Bárbara, que es lo de la amiga con derecho a roce. Es raro que siempre se nos olvide ese detalle, ¿no os parece? Mi amiga Bárbara es muy interesante porque donde trabaja tiene ocasión de conocer a mucha gente y además en la cuidad, donde vive la gente es muy abierta con sus cosas y te habla claro... Me encanta la gente que habla claro.

En fin, lo ideal es la amiga con la que puedes compartir casi todo. Pero no por ello tienes que dejar de lado a las demás. Una cosa que nunca entenderé es que algunas mujeres se rodean de su grupito y no salen de allí. Yo personalmente pienso que hay gente interesante por todas partes y que no hay que cerrarse en banda. Conocer gente nueva es toda una aventura, y aunque a veces sales desilusionada, te enriquece mucho escuchar, quizá sea otra manera de ver la vida.

Hice una cena en casa en una ocasión, con varias parejas, los hombres no se conocían entre sí, pero las mujeres, algunas de ellas, habían coincidido... Fue todo un reto conseguir que hubiera buen ambiente y armonía. Por suerte salió muy bien y estuvimos muy a gusto... Pues con las amigas a veces ocurre que te gustaría que te presenten a otras amigas suyas, para ampliar tu propio círculo, pero no es tan fácil. Puede que llegues a conocer a alguna, pero te encuentras con una desconocida que te ignora o te da la espalda (me pasó con una de esas que van de señora por la vida y que se la dan de educadas) o te habla como si fueras tonta, o simplemente te escucha pero sin aportar nada, sin intercambiar nada para no mostrarse tal y como es... Estas situaciones son muy desagradables y tengo recuerdos imborrables de algunas.

Bueno... ¿Por dónde empiezo?

El tema se las trae... Hay que reconocer que entre mujeres existe mucha rivalidad, y también envidia... pero imaginaos cuando hay también ¡CELOS! La cosa se vuelve fea, ¿no? Digamos que lo último que me ha contado una amiga tiene que ver con eso.

CAPÍTULO I

Valeria conoció a unas mujeres que eran amigas entre sí y le parecían simpáticas, todo fue normal al principio, Valeria y Miriam se entendían muy bien y se veían para ir de compras, comer, etc... Mi amiga notaba que cuando le contaba algo de su vida a Miriam, esta parecía entenderla muy bien, pero al día siguiente le hablaba diferente, incluso la criticaba... era extraño, y no le quiso dar más importancia, pero también notaba que Miriam se volvía arisca o incluso "agresiva" con ella...

Cuando se encontraban con las otras dos amigas de Miriam, Valeria notaba que no la querían en el "grupito". Una de ellas, Carlota, simplemente la ignoraba o le daba la espalda y solo le hablaba directamente si necesitaba algo de ella. La otra, Alexia, se hacía la simpática, pero un día, tomando café, Valeria comentó de comer juntas algún día... Alexia le contestó que ya tenía bastantes amigas para cada día de la semana y que no necesitaba más. Por supuesto lo dijo a espaldas de Miriam, pero Valeria se lo contó ya que tenía confianza con ella. También le informó de que prefería no coincidir más con ellas ya que no era bien recibida. Miriam se enfadó mucho, le dijo que sus amigas eran buena gente y que Alexia hizo ese comentario en broma. No quiso dar importancia a cómo se sentía Valeria y la convenció para que siguieran igual.

Valeria lo intentó pero sin éxito, ya que delante de ella organizaban comidas, fiestas etc..., ¡sin incluirla! El tiempo pasaba y todo fue a peor, Miriam culpaba a Valeria diciéndole que ella no había "sabido" hacerse amiga de las otras dos. Poco a poco Valeria se dio cuenta de que Alexia era la que manipulaba a Miriam. Se veían cada día, y claro, cuando Miriam comentaba cosas de Valeria la otra aprovechaba para desprestigiarla y criticarla... ¡Y todo por celos! Miriam le confesó un día a mi amiga que Alexia le tenía muchos celos. Lo que pasaba realmente es que las dos tenían una relación muy especial y Alexia sintió celos al ver que Miriam estaba tan a gusto con Valeria.

Alexia aprovechaba cualquier ocasión para hacer daño. Estaba tan segura de sí misma que no le importaba lo que pudiera sentir Valeria. El error de Valeria fue seguir intentándolo ya que desde el principio estaba claro que no la aceptaban ni Alexia ni Carlota, y que aquello solo podía ir a peor. Pasaron muchas cosas, volveré al tema ya que fue una historia muy larga. Valeria me lo está contando por capítulos, despacito, intentando curarse de tanto desprecio.

Anoche me llamó Valeria, ¡claro! después de leer mi blog. Me ha dicho que era increíble lo claro que lo había explicado, y verse reflejada en su historia pero escrita por otra persona le había ayudado a verlo desde otra perspectiva. También me ha aportado datos, porque la historia se las trae, ¡han sido casi cuatro años!

Ahora se siente mucho mejor, pero tuvo una larga temporada de "UVI emocional". Me ha mandado un mensaje sobre cómo se sentía para que yo lo transmita en el blog, y dice así:

"Tengo que conseguir que las cosas no me afecten, darle importancia a lo que la tiene, no permitir que me hagan de menos, que me desprecien. Que la que quiera hacerme daño que se quede con las ganas, que se alejen de mí esas personas tan malas... quiero alegría y cosas positivas, buen rollo y dulzura, buenos modales y sonrisas..."

¡Menos mal que lo está enfocando así! Pero de lo que me ha contado tengo que destacar que con su amiga Miriam se ha sentido muchas veces como con un "novio" celoso y machista. Miriam la ha tratado de tal manera que ella en muchas ocasiones no sabía cómo comportarse... Si hablaba más tiempo de lo debido con alguien, Miriam le ponía mala cara, le llamaba la atención si decía algo que no le gustaba, a veces no contestaba a sus mensajes, la hacía esperar... Valeria me ha dicho que nadie la había tratado así en su vida y que no entendía el porqué de esta situación... Yo sé por qué: le tomas cariño a alguien y no piensas que esta persona te quiere mal porque hay también momentos buenos, digamos que una de cal y otra de arena... Eso es justamente lo que ha pasado. Me cuenta que un día que estaban de compras, Miriam se paró en una floristería, compró un ramo y se lo regaló... Valeria se sorprendió y a la vez le gustó el detalle.

La gran pena que tiene es que piensa que las amigas de Miriam, Alexia y Carlota, pero sobre todo Alexia, han influido mucho para que Miriam se aleje poco a poco de ella. Miriam desapareció otra vez de su vida. Valeria está muy cansada de esta situación y ya no quiere perdonarle nada. Aunque también reconoce que si Miriam la llamara se sentiría muy contenta y le encantaría poder hablar con ella de todo, tranquilamente, a solas y con tiempo. Ella quiso muchas veces hablar pero Miriam se cerraba en banda.

Ayer estuve pensando en todo lo que le pasó a Valeria y me doy cuenta de que falta describir un poco a estas mujeres para "comprender" mejor la historia. En las novelas se hace, ¿por qué no enfocar la historia como si fuera una novela? ¡Sabemos todos que la realidad supera la ficción!

Tuve ocasión, hace más o menos dos años, de conocerlas. Valeria me presentó primero a Miriam. Reconozco que es una mujer muy simpática, en seguida te habla, te pregunta, se interesa por ti... parece que es amiga de toda la vida y hace que te sientas muy a gusto en su compañía. Me llamó la atención que me preguntara mucho sobre lo que hacíamos Valeria y yo, si íbamos a comer juntas, si íbamos de compras, etc. Parecía que quería saber cuál era el grado de amistad que nos unía. En otras ocasiones me di cuenta de que no hablaba tanto con Valeria, la tenía al lado pero se dirigía más a los demás. Mi amiga me sorprendía ya que no se hacía notar, no decía gran cosa, más bien escuchaba y, francamente, ¡esa no era su costumbre!

El tema de conversación de Miriam giraba en torno a la comida, la dieta, los kilos de más. Se preocupaba mucho si notaba que había engordado, tanto es así que cuando estaba sentada ponía su bolso de Loewe sobre su barriga para que no se le viera el posible michelín. Me comentó que durante la semana se alimentaba a base de verduras para poder comer más los fines de semana cuando salía. También iba al gimnasio todos los días como refuerzo para mantener la línea. Su problema era que le gustaba mucho comer, y los fines de semana siempre tenía alguna fiesta o cena con amigos por lo que era imposible no disfrutar de todo. Aparte de esas conversaciones me llamó la atención que, si estábamos solas las tres, nos contara cosas de sus amigas. Valeria me dijo que se había enterado de muchas cosas de Alexia y Carlota a través de Miriam. Un día estaban comiendo en un restaurante las dos solas y bebiendo una botella de vino tinto, lo que ayudó seguramente a que Miriam la hablara de los celos de Alexia hacia ella. Y, entre copita y copita, también le contó que Alexia se "volvía un poco lesbi"cuando bebía. Eso sí que no lo había oído en mi vida: "un poco lesbi" ¿Qué significa esto? O eres lesbi o eres bi, ¡digo yo! ¿Pero "un poco"?, ¿qué quiere decir? Con el tiempo Valeria iba a descubrir que no era exactamente ¡"un poco"!

¡Me quedé perpleja! Pero había más, Valeria le dijo a Miriam que a ella no le gustaban las mujeres y que no se veía en una situación de intimidad con una mujer porque no sabría qué hacer. Miriam le contestó:

—¡Pues es igual que con un hombre! Y no te tienen que gustar todas las mujeres, ¡te puede gustar una, solamente! "

Entonces Valeria le preguntó:

—Alexia y tu habéis estado liadas, ¿no?

Miriam se sorprendió mucho y le contestó:

—¿Cómo me dices esto?

Valeria no quiso seguir porque sabía que Miriam no iba a desvelar nada ya que nunca hablaba de sí misma. Pero fue entonces cuando Miriam le dijo:

—Es que a Alexia le gusta mucho el sexo.

Valeria se empezó a reír, se imaginaba ya de todo, pero Miriam le explicó:

—A Alexia le gusta salir de fiesta y lo aprovecha al máximo, quiere disfrutar de la vida.

En este punto tengo que decir que Alexia me pareció bastante seria cuando yo la conocí, estábamos tomando café Valeria y yo, y se acercaron Miriam y Alexia. Cuando estuvimos todas sentadas, de pronto, Alexia nos empezó a decir que qué poca vergüenza tenían las mujeres de la mesa de al lado. ¡Yo me quedé muda! Ni siquiera me había fijado en ellas. Alexia seguía:

—¿Pero habéis visto los escotes que llevan, que se ve todo?

Nadie contestó, intentábamos mirar sin llamar la atención. Las chicas de al lado eran muy jóvenes y tenían mucho pecho, una llevaba una camisa blanca y la otra un top, era muy normal que llevaran escote, era casi verano, Yo, que soy muy democrática en lo que se refiere a la ropa y pienso que cada uno puede llevar lo que le dé la gana, preferí callarme. Las otras le dieron la razón, creo que por cobardía, y cambiamos de conversación.

Me acordé de esta pequeña anécdota cuando Valeria me contaba lo de Alexia y el sexo. Alexia parecía una mojigata cuando quería ir de "señora", pero realmente no era así. Con el tiempo y con lo que me contaba Valeria, me di cuenta de que Alexia es una mujer frívola, caprichosa, acostumbrada a que todo el mundo le haga caso, pero sobre todo que va a lo suyo y no le importan nada los demás. También pienso que es muy lista y sabe llevar a la gente a su terreno. No me extrañaba nada de que Miriam estuviera pendiente de ella.

Las conversaciones de Alexia giraban en torno a la estética, estaba obsesionada con la edad, las arrugas, etc. Se veía perfectamente que se cuidaba mucho, no aparentaba su edad. También hablaba siempre de lo que se había comprado, lo que había costado. Quería demostrar que tenía dinero, seguramente así se sentía más poderosa. Valeria intentaba ser simpática con Alexia, pero me di cuenta de que Alexia le contestaba secamente, hasta en una ocasión le dijo:

—Tengo cosas más importantes en las que pensar.

Pobre Valeria, se quedó callada. Alexia había conseguido su propósito: ¡ser el centro de atención! Miriam parecía no darse cuenta de nada. Me extrañaba mucho, ya que Valeria era amiga suya, pero pienso que Miriam estaba totalmente embobada con Alexia y no se daba cuenta del daño que esta le hacía a su amiga.

El poder de Alexia sobre Miriam no era total. Miriam se veía con Valeria y le contaba cosas bastante íntimas de Alexia. Lo que me extrañaba mucho, y se lo dije a Valeria, es que Miriam no explicaba nunca nada de sí misma. Yo sentía curiosidad, pero Valeria me dijo algo muy inteligente:

—Hay que leer entre líneas.

Claro, Miriam no cuenta, pero sus actos y los comentarios sobre temas de sus amigas nos podían llevar a descubrirla. En el fondo, lo que le pasa es que tiene muchos miedos, y puede que piense que si habla de sus cosas no la van a entender y se apartarán de ella. Seguramente sabe que estas amigas que tiene son muy superficiales y que realmente no tendría su apoyo si lo necesitara. Son amigas de fiestas, de frivolidades, todo muy light. ¿Realmente hasta qué punto podría Miriam fiarse de ellas? ¡Sabiendo cómo son yo diría que no debería fiarse en absoluto!

Me viene a la memoria una fiesta, la única a la que Valeria fue invitada. Me llamó al día siguiente para contarme, pero hace mucho tiempo y tengo que pedirle que me refresque la memoria ¡Veremos cómo se divierte Alexia!

Me siento muy feliz de que Valeria haya confiado tanto en mí. Me está contando cosas que hasta hace poco no me había desvelado. Yo conocía la historia muy por encima y, ahora, por fin puedo saber realmente todo lo que pasó porque ha decidido contármelo todo. Para ella es como una terapia, y de hecho se ha emocionado en algún momento de la conversación.

Alexia la invitó a la fiesta, pero según mi amiga ha sido por mediación de Miriam, ya que se quejó un día de que no la aceptaban y discutió con Miriam sobre ello. A los pocos días Alexia la llamó por teléfono para decirle que preparaba una fiesta, que no tenía muchas ganas porque se sentía muy cansada, y que si quería venir, pues que fuera puntual. Dicho de esta manera Valeria no se sintió muy animada pero aceptó, ya que no quería hacerle un feo, sobre todo por Miriam.

Era verano y todo estaba preparado alrededor de la piscina, bueno, todo... hummm. Sabiendo que Alexia es una mujer de un nivel social bastante alto, se esperaba más "glamour", y no contaba con que Alexia fuera tacaña...

Lo primero es que Alexia no la presentó a nadie, los demás se conocían entre sí. Valeria se sentía apartada, pero decidió dar un paso adelante y ella misma se acercó a un grupito. Pero aun así se sentía incómoda. Hablar con personas que no conoces de nada y que además no te han presentado es extraño. ¿De qué puedes hablar? Se limitó a escuchar, y entonces vio llegar a Miriam. Se acercó a ella. Miriam no parecía estar muy a gusto tampoco ya que no hablaba casi nada. Todo era muy extraño, Alexia estaba en medio de varias personas; se la veía muy contenta, se acercaron y se dieron cuenta de que estaba borracha. Entre carcajadas empezó a correr y se tiró a la piscina, totalmente vestida y enjoyada. Algunos le gritaban:

—¡Quítate la ropa!

Pero ella les contestó que no podía porque no llevaba ropa interior...

Nadie se animó a imitarla, y al rato salió de la piscina y se dirigió a la casa... a partir de este momento Valeria no la volvió a ver, ni siquiera para despedirse de ella.

Quedaban solo los íntimos... Miriam apartó a Valeria de los demás y le dijo que no se preocupara por Alexia ya que siempre terminaba así y que no estaba sola. Valeria notaba que Miriam le quería decir algo más, había tensión entre ellas, al final soltó:

—Necesito hablar contigo, pero a solas.

Valeria le dijo que por supuesto, que cuando quisiera.

Quedaron para verse en casa de Miriam al día siguiente. Valeria decidió despedirse, ya que no estaba disfrutando de la velada en absoluto. Se inventó un dolor de cabeza y se fue. Estaba decepcionada, ¡muy decepcionada! Y además preocupada por la tensión que notó estando con Miriam, no sabía qué era lo que pasaba. Esperaba que con la conversación del día siguiente lo entendería todo. Y efectivamente lo "entendió" ¡todo!

En este punto de la historia pienso que debería darle la palabra a Valeria para que la cuente, ya que han aparecido hechos que yo desconocía. El tema no es tan sencillo como pensaba, ha habido situaciones de intimidad. Digamos que ya no estamos hablando de una simple amistad...

CAPÍTULO II

La historia de Valeria:

Estoy muy agradecida por tener la oportunidad de contar mi historia y estar, además, respaldada por una buena amiga, Moon. Aunque vivamos en sitios diferentes y tengamos vidas distintas ella ha sido un apoyo constante para mí. La he llamado, le he enviado mensajes, y ella ha estado siempre allí, dispuesta a entender, a escuchar, pero lo mejor de todo: sin juzgar... Intentaré poner una nota de humor aunque lo que me ha pasado ha sido realmente triste.

¡Qué pena todo! Cuando echo la vista atrás me doy cuenta de que he sido muy ingenua.

Todo empezó hace ya más de cuatro

años, cuando conocí a Miriam. Fue en un cumpleaños, yo estaba con una amiga y ella se sentó con nosotras. En seguida noté que estábamos muy a gusto, hablamos de todo un poco. Teníamos bastantes puntos en común como por ejemplo la edad, 39 años. Quedamos para vernos y fue así cómo entablamos una amistad. Nos sentíamos bien juntas, simplemente eso.

Hay que reconocer que ella es muy simpática y en aquella época era muy fácil estar a gusto con ella. Pero eso era antes de que empezara a comportarse conmigo de manera egoísta y a veces incluso desagradable. Seguramente estaba sacando lo peor de sí misma pero ¿por qué?

Ahora sé que no hay que permitir que una persona, sea quien sea, te hable mal, te falte al respeto. Si lo permites una vez, ten por seguro que se repetirá esta situación y entonces será más complicado pararlo. Tenemos que fijar nuestro propio límite, si no corremos el riesgo de que los demás se aprovechen de la situación. El ser humano es así, somos como los niños, intentamos ver hasta qué punto podemos llegar, antes de que nos paren los pies... No tuve la habilidad de darme cuenta que había algo extraño en el comportamiento de Miriam.

Nuestra amistad se basaba en tomar café, salir de compras o comer en diversos restaurantes. Ella tenía mucho tiempo libre y yo me las ingeniaba para conseguirlo. Me presentó algunas amigas, entre ellas Alexia y Carlota.

Desde el primer día Carlota me ignoró completamente. Reconozco que me dolió al principio, pero me dí cuenta rápidamente de que no me interesaba tenerla en mi vida. Carlota es la persona más falsa que conozco. Solo se mueve por interés y de hecho las personas que tiene a su alrededor le aportan siempre "algo". El hecho de ser una "simple" ama de casa le hace sentirse mal, por eso se comporta de esa manera con las que trabajamos. Quedarse en casa cuidando de la familia es muy respetable, y si es por decisión propia me parece genial. Cada uno elige su vida en la medida de lo posible. En el caso de Carlota le era más cómodo no trabajar ya que su marido gana mucho dinero, pero le daba rabia que otras mujeres tuvieran una profesión. Sus temas de conversación eran: las fiestas, los viajes, el gimnasio, etc. También se quejaba a menudo de las mujeres de la limpieza que contrataba y que nunca eran bastante eficientes para cuidar de su casa.

Me comentaron que era déspota en

casa, pero cara a los "amigos", maravillosa. Miriam me dijo una vez que Carlota le parecía la mujer ideal porque cuando organiza cenas lo hacía todo muy bien... Entre nosotros, diré que es lógico, ya que no hacía nada más que eso: organizar cenas o comidas o fiestas... Era la típica persona superficial con la que no puedes hablar de nada profundo, todo se reduce a pasarlo bien. Tuve ocasión de verla enfadada y puedo decir que tenía muy mala uva, hasta el punto de que se le cambiaba la cara. No soportaba nada que pudiera alterar la vida "perfecta" que llevaba. También era egoísta y caprichosa, igual que Alexia. De hecho, según una persona bastante ligada a ellas, Carlota estaba copiando a Alexia en todo lo que hacía, la admiraba y quería ser como ella.

Miriam estaba muy pendiente de mí pero cuando se acercaban Carlota o Alexia cambiaba totalmente, se giraba hacía ellas y me "olvidaba"... Yo le buscaba excusas, pensaba que como eran amigas de bastante tiempo pues era normal que estuviera tan pendiente. Poco a poco fui descubriendo que había otras razones...

Echando la vista atrás me doy cuenta de que he sido muy ingenua, pero en mi descargo diré que atravesaba una época emocional mala y estaba muy "sensible". Miriam sabía ser muy agradable cuando quería, y realmente no estábamos mucho con sus amigas. Yo, tonta de mí, pensaba que me valoraba como persona y sobre todo al ver que yo no iba por ningún tipo de interés. ¿Pero cómo puede una persona interesada valorarte por tu falta de interés? Me di cuenta de eso demasiado tarde. Ellas tres se valoraban justamente por lo que cada una podía aportar, ya que a ellas sí les movía el interés. Carlota quería amigas que la podían invitar a viajes y fiestas, Alexia quería amigas que le podían quitar de encima las "obligaciones" y que también la invitaran a fiestas y cenas. Miriam quería amigas que la hicieran sentirse importante, por eso siempre les hacía muchos favores. De esa manera se aseguraba de que estuvieran pendientes de ella, sentía un poder especial cuando la necesitaban. Claro que tampoco decía que no a ninguna de esas famosas fiestas...

Qué extraño, ¿verdad? Volvemos a tema "fiestas". Me acuerdo de un comentario de Miriam referente a eso: "Estuvimos toda la noche en casa de Carlota, había mucha gente, me preguntaba que qué hacía allí, me sentía fuera de lugar, y el lunes tuve que comprarme unas pastillas en la farmacia para poder empezar el día, es algo que hago a menudo".

Yo me quedé de piedra, no sabía a qué pastillas se refería. Yo voy a por pastillas para el dolor de cabeza, de barriga, de dientes o si me apuras tan solo vitaminas. No pregunté... lo reconozco, a veces soy un poco cobarde, no pregunto por miedo a la respuesta. Tenía a Miriam en un pedestal y no me interesaba averiguar debilidades suyas para que no se cayera ese pedestal en mil pedazos.

Creo, sin embargo, que a partir de ese momento empecé a darme cuenta de que Miriam no era la mujer "fuerte" que yo creía que era. Ella actuaba como si lo fuera, con mucha seguridad y, sin embargo, los acontecimientos me mostraron una mujer llena de "problemas". Conmigo tenía dos caras: cuando estábamos a solas era muy agradable, pero delante de los demás se volvía fría. Es algo que me ha hecho sufrir bastante tiempo, y hace muy poco que descubrí lo que pasaba con la ayuda de una psicóloga, claro. Era justamente lo contrario de lo que yo pensaba. Estuve mucho tiempo convencida de que no me valoraba por no pertenecer al mismo "nivel social", no soy tan rica, no tengo un barco, no tengo un chalé grande, no estoy viajando continuamente... y descubro que lo que realmente le pasa es que se siente "amenazada" por mi presencia ya que le quito brillo en sociedad. Se ve que el hecho de que yo sea una mujer con una profesión, que puedo hablar de cualquier tema y que además soy muy abierta con la gente la hace sentirse a ella menos importante... Increíble, ¿verdad? Ella que lo tiene todo, familia, dinero, mucho tiempo libre, muchas amigas, muchos viajes, etc. ¡se sentía mal conmigo en sociedad! No me lo podía creer... ¡pero todo cuadraba a la perfección! Miriam me ignoraba siempre que había más gente, por lo que procuraba no verla en reuniones de "amigos". Me hacía demasiado daño.

En la fiesta de Alexia, la única a la que fui invitada por una de sus amigas, me acerqué yo a ella pero notaba mucha tensión por su parte, casi no hablaba, pensé que era por Alexia que se estaba comportando como una vulgar barriobajera, gritando que no llevaba bragas, tirándose a la piscina toda vestida, borracha perdida... ¡Pero no! ¡Era por mí! Al día siguiente de esa famosa fiesta entendí lo que pasaba...

CAPÍTULO III

Me invitó a su casa para tomar café y charlar... Llegué temprano, tenía ganas de estar
con ella, comentar lo de Alexia. Empezó a
hablar de las cortinas que quería poner en el
comedor, luego me enseñó cuadro que había
comprado para colocarlo en una gran pared
de su casa, le dije que era demasiado pequeño para esa pared tan grande, entonces fuimos por diferentes estancias para ver si lo
podíamos colgar en otro sitio. Encontramos
que en la habitación de invitados quedaba
perfecto, justo en frente de la cama. En esa
habitación había un pequeño sofá blanco de
dos plazas, me hizo sentarme cogiéndome la
mano... Al sentarme, con el movimiento seco,
se levantó mi vestido hasta arriba de los
muslos... Nos reímos... ella no soltaba mi
mano, me miraba de una manera muy espe-

cial, sentí un escalofrío... No sabía bien cómo ponerme, no podía casi ni mirarla, de pronto me sentí como cuando estuve tan cerca de un chico antes del primer beso... y ella me besó. Mi sorpresa fue tan grande que me eché un poco para atrás, pero ella se acercó más a mí y me cogió por la cintura, me susurró al oído:

—No puedo aguantar más, te deseo, no puedo estar a tu lado y no tocarte.

Sentí sus labios otra vez, su lengua caliente y suave, la cabeza me daba vueltas, noté el calor de su cuerpo, el deseo en su mirada. Yo estaba paralizada. No podía moverme, no tenía fuerzas, de pronto me sentí muy débil, no podía luchar, no quería luchar... No podía pensar, solo sentía sus labios, su lengua, su olor, empecé a relajarme y ella lo notó, sus manos intentaban tocar mi piel... Me acariciaba con dulzura mientras me besaba con pasión. Su pasión me volvía loca, sentía el calor invadir mi cuerpo, necesitaba más y más··· Entre beso y beso me decía lo mucho que me deseaba mientras me desnudaba poco a poco··· De repente me dí cuenta de lo que estaba haciendo y me aparté de ella, cogí sus manos y mirándola dulcemente a los ojos le dije:

—Lo siento, no puedo hacer esto, lo siento de verdad.

Ella contestó:

—No me dejes así, necesito tenerte, ¡no puedo fingir más!

Bajé la vista y sin soltarle las manos le pedí que me perdonara e insistí:

—No puedo hacer esto, nunca pensé en hacerlo contigo, ya sabes que no me gustan las mujeres.

En ese momento se enfureció, se levantó y gritó:

—No me digas que no te ha gustado porque es mentira, ¡mentira!

Salió de la habitación y me quedé sola, empecé a llorar despacio, estaba sin fuerzas, me vestí, no sabía qué hacer, no conseguía parar el llanto. ¿Por qué todo se había vuelto tan difícil? No me podía creer lo que había pasado, fue tan de repente. No tuve tiempo de analizarlo porque Miriam entró y soltó:

—Olvidemos esto, tengo cosas que hacer, si no te importa... Ya nos veremos en otra ocasión.

¡Qué frialdad! Quedaba claro que estaba herida en lo más profundo de su ser. No solo no había conseguido lo que quería sino que también se había descubierto ante mí. Cogí mi bolso y sin hablar me dirigí a la puerta, ella se plantó delante de mí y me dijo:

—Puede que no te gusten las mujeres pero yo sí te gusto, tú también estabas disfrutando, piénsalo.

Me fui.

No conseguí olvidar ninguno de los momentos que pasé con ella esa tarde ni sus palabras al despedirme. Hiciera lo que hiciese todo volvía a mi mente constantemente. ¡Cómo podía ser que me dejara besar y acariciar? ¡Era increíble! En mi cabeza estaba claro que solo sentía atracción hacia los hombres, pero ¿por que no rechacé a Miriam en ese momento de intimidad? ¿Sería que me gustaba?, me sentía bien a su lado, pero eso no significaba nada... Mi cabeza estaba a punto de explotar. Intentaba volver a mi vida pero había algo en mí que no me dejaba descansar, de hecho me despertaba por las noches pensando en ella. ¡Siempre ella, ella, ella! Fue una época muy dura, no podía relajarme, había perdido el apetito y lo que es peor: ¡echaba de menos a Miriam! Una noche me desperté de repente, los ojos completamente abiertos, había soñado con ella, y en ese preciso momento sentí que me había enamorado. Sí, estaba enamorada de una mujer ¡y no me lo podía creer!

En mi cabeza lo único que tenía claro era que la quería. Sabía perfectamente que nunca jamás había sentido ni la más mínima atracción hacía ninguna mujer, de hecho pienso que si me hubiera pasado lo habría asumido perfectamente. Ni soy una mojigata, ni tengo la mente estrecha. Había disfrutado siempre con los hombres que pasaron por mi vida. Tuve dos grandes historias de amor, con mucha pasión. Lo de ahora me resultaba tan extraño, no conseguía asimilarlo... Supongo que no lograba entender que nunca antes hubiera sentido algo así por una mujer. Empecé a perder peso, no comía bien, no tenía apetito, me faltaba ella. Por las noches antes de dormir pensaba en ella, por la mañana al despertar pensaba en ella, ¡siempre ella! Cada día tenía un momento de soledad en el que podía liberar mis emociones, entonces es cuando lloraba muchísimo. Me sentía totalmente perdida, no sabía qué hacer. Empecé a mandarle mensajes, ella no me contestaba... Sentía tanto dolor en el corazón, no podía más, y sin embargo no tenía ninguna salida. Ella estaría muy dolida conmigo por lo que pasó, y yo no sabía cómo arreglarlo. No tenía ni idea de cómo comportarme con una mujer en el "juego" del amor. Necesitaba ayuda, estuve pensando en ir al psicólogo. Hablé con varias amigas sobre eso y una de ellas me recomendó a una mujer, me dijo:

—Es muy seria y te hará espabilar rápido.

Pero mi amiga no sabía cuál era mi problema, pensaba que atravesaba una mala racha emocional y nada más. Estuve a punto de contárselo, pero desistí rápidamente. A quién le va a entrar en la cabeza que nunca me habían gustado las mujeres y que ahora estaba enamorada hasta las trancas de una. Tampoco fui a ver a esa psicóloga en aquel momento. Sabía que no me iba a poder ayudar por un mal de amor. El amor se vive, se sufre y se pasa.

Un día soleado de marzo, me puse a llorar tan fuerte mientras conducía que estuve a punto de tener un accidente. Las lágrimas me dificultaban la visión. Me asusté y busqué rápidamente un sitio para aparcar. La llamé en seguida, y por suerte o desgracia, me contestó. Le dije que necesitaba hablar con ella, en seguida contestó:

—¿Qué te pasa?

Yo no podía hablar... Ella seguía:

—¿Qué te pasa? No llores, yo te quiero mucho.

Había "oído" mis lágrimas, y ese "te quiero mucho" me dio alas. Ahora sé que es su forma de manipular: ¡una de cal y otra de arena! Quedamos en la terraza de un bar. Fui a la cita como una zombi, totalmente fuera de la realidad, no sabía qué decirle pero quería hablarle. Nos encontramos, las dos muy serias, ella sentía que había algo, se daba cuenta de la tensión. Nos sentamos y en seguida empecé a decirle:

—No quiero que te sientas incómoda por lo que te tengo que decir, yo no pensaba que me fuera a ocurrir algo así, para mí ha sido muy fuerte, me he dado cuenta de que te quiero y te necesito.

Entre lágrimas conseguí decirlo todo seguido. No podía mirarla a los ojos, era por vergüenza, me sentía tan débil, la necesitaba tanto.

Ella me contestó:

—Lo arreglaremos. —Y acto seguido me dijo, mientras estiraba las piernas—: Entonces, ¿te gusto?

Yo le expliqué:

—Es que te quiero, es emocional, es sentimental, es que te necesito a mi lado.

Las dos sabíamos que no podía ser, no podíamos estar juntas. Nuestras vidas nos separaban. Pero ella no me dijo nada más, no mencionó en ningún momento si sentía algo por mí, o no. Me sentí aliviada por haberlo confesado, pero decepcionada por no recibir nada a cambio, ningún gesto de cariño, ¡nada! Nos separamos con un par de besos de amigas.

Me sentía vacía... Me había desahogado, necesitaba contarlo. Pero dentro de mí también había amargura. Recordé la escena y me di cuenta de lo fría que era, no mostró en ningún momento un gesto de cariño hacía mí. Yo en su lugar me hubiera conmovido, me hubiera acercado a ella, le hubiera cogido la mano, ¡algo! En lo más profundo de mi ser estaba convencida de que ella también sentía algo especial. Solo que no quería mostrarlo, no quería destaparse. Cada una volvió a su vida, ella no me llamaba, yo tenía miedo de llamar, me sentía ignorada una vez más.

En ese punto de la historia reconozco que me equivoqué, no tenía que haber sido tan transparente, debía haber esperado a estar a solas, buscar ese momento de intimidad que propicia el descubrimiento de los sentimientos. Pero no podía hacerlo así porque me daba miedo lo que podía pasar a partir de entonces. Nuestras vidas estaban ya hechas, todo era demasiado complicado, no podíamos permitir que pasara nada serio. No tenía nada claro, recordaba nuestro único momento de intimidad y tenía que reconocer que sí, que me había gustado. Necesitaba repetirlo para estar segura de que eso iba conmigo. Me parecía un sueño, no estaba en mi realidad.

Un día me armé de valor y llamé a su puerta. Sabía seguro que estaba en casa. No me contestaba, insistí... Al final se abrió la puerta, era ella, en camisón. Me extrañó un poco, le pedí si podía pasar. Dudó pero al final me dijo:

—Entra, perdón por el desorden, es que tuve una fiesta anoche y está todo revuelto. Por cierto, está Alexia, espero que no te moleste.

En seguida entendí la situación, solo había dos copas en el salón y muchos restos de comida, botellas de vino vacías, ropa en la alfombra y en el sofá. Alexia estaba sentada en un sillón, me miraba con descaro, solo llevaba un top y unas bragas. Estaba a sus anchas, se la veía dueña del lugar. Miriam me ofreció un café, lo rechacé. Me sentí totalmente hundida. Alexia empezó a hablar:

—Hola, Valeria, cuánto tiempo, ¿qué es de tu vida? Anoche lo pasamos genial, estuvimos hasta el amanecer viendo películas, comiendo, bebiendo, en fin, ya sabes, ¡fiesta! Qué pena que no estuvieras, ¡te hubiera encantado!

Alexia sabía que me estaba haciendo mucho daño, lo notaba en su actitud, se sentía poderosa. Miriam dijo:

—No pensé en llamarte pero quizás a la próxima···

Yo me senté y le contesté:

—No te preocupes, es normal que lo hagas con tus íntimas amigas.

La miré desafiante, ella se puso colorada y contestó:

—No es lo que crees.

Entonces Alexia empezó a reír, y soltó:

—Claro que es lo que cree, ¡eso y más!

Se levantó y salió del salón. Miriam me miraba, estaba incómoda.

—Tranquila—le dije—, tu vida es tuya, no estoy aquí para juzgarte, simplemente no me esperaba esto, si lo prefieres me voy y no pasa nada.

Miriam se enfadó:

—¿Ves? Siempre te vas, no quieres afrontar la realidad. Alexia no es mi amante, pero tenemos algún roce de vez en cuando. Ya sabes que a ella le gusta mucho el sexo y cuando se encuentra sola viene a verme, nada más.

Me quedé atónita, por fin había dicho algo concreto, me dolía pero a la vez agradecía su sinceridad.

—Lo siento, pero no te entiendo —le contesté—. Parecía que te interesabas por mí, y cuando te abro mi corazón me ignoras. ¿Y qué pasa con Alexia?, ¿es que le tienes que hacer favores sexuales? ¿Qué clase de relación es esa? ¿Para estar contigo tengo que estar con ella también?

—Tú no quieres estar conmigo, ¿recuerdas? ¡Me dijiste que no te gustan las mujeres! Me hiciste mucho daño aquel día, necesitaba desahogarme con alguien, Alexia es mi amiga, hablamos también, le he contado lo que pasó.

—¿Qué? —me enfurecí— ¿Le cuentas lo que hablamos, de mis sentimientos? ¿Cómo puedes hacer eso? ¿No te das cuenta de que ella me desprecia?, no puedes contar algo mío a alguien que me detesta, ¿no te das cuenta?

Me levanté, estaba llena de rabia. Miriam me detuvo:

—Puede que me haya equivocado, pero ella no te odia, tú no supiste entrar en el grupo.

Eso me dolió tanto que no tenía palabras, cogí mi bolso y me fui rápidamente de allí. No me despedí de Alexia, y no me arrepiento. Ella estaría contenta de la situación, me la imaginaba diciéndole a Miriam que yo no valía la pena, que no había "sabido" relacionarme con ellas, que era rara, etc. Y me imaginaba a Miriam "bebiendo"de sus palabras, embobada hasta tal punto que no era capaz de ver la realidad: Alexia quería verme lejos de ella, ¡por celos! Estaba desesperadamente celosa de mí, por eso no me quería en el grupo, y como ella era la "ama y señora", las demás siguieron. Claro que por edad, 49 años, Alexia tenía que haber sido más sabia, pero en su caso los años no ayudaban, ella quería ser la mejor, la más guapa, la más joven, la más alta, etc. y en realidad era la más bajita, la más mayor y bueno, no era fea, pero tampoco una belleza. Sin embargo tenía muchas amigas, aunque ella llama "amiga" a todas, pero si lo que le interesaba era el sexo, tampoco era tan complicado relacionarse, mucha gente es como ella. Lo único que le interesaba era pasárselo bien, pero por otro lado no quería que sus "trofeos" se fueran de su lado. Ella manipulaba a Miriam y Miriam estaba encantada.

CAPÍTULO IV

Por circunstancias de nuestras vidas teníamos que coincidir, intenté llevarlo lo mejor posible, pero cada vez que nos veíamos se liaba de alguna manera. Miriam me reprochaba constantemente algo. Un día se enfadó por nada y en seguida me recriminó:

—No podemos estar juntas, no nos hagamos más daño, tú quieres más.

Yo contesté:

—Sí que podemos estar juntas, pero yo no necesito a nadie para estar contigo y además te equivocas en eso de que yo quiero más, solo quiero ser tu amiga.

No pareció gustarle el comentario, porque obviamente ella no quería ser solo amiga, sus intenciones eran otras:

—Yo tampoco necesito a nadie, pero estamos peleando como novios sin serlo. —Me quedé callada, ella siguió—: La semana que viene es mi cumpleaños, pensaba hacer una reunión de amigas, quería invitarte pero no sé si es buena idea.

Eso me hizo llorar, ella no se inmutó, me miraba, parecía disfrutar de la situación. Yo no me daba cuenta aún de que me estaba manipulando, quería ver mi reacción, y seguramente le gustó ya que me dijo:

—Vente, será el viernes al mediodía.

Es increíble lo poco que necesitaba para estar feliz, me invitaba a su cumpleaños.Se me había olvidado la manera que tuvo de decirlo, ¡tenía tantas ganas de comprarle un regalo! Estuve toda una mañana buscando, hasta que vi unos pendientes del color de su pelo. En seguida los compré, convencida de que estaban hechos para ella. Estaba ilusionada como una niña pequeña, la semana pasó muy despacio, y por fin llegó el día. Un día precioso de primavera, soleado, con un brillo especial ya que era el cumpleaños de la mujer que quería, la única que había querido de esta manera.

Ella estaba radiante, feliz, con veinte mujeres a su alrededor que habían venido solo por ella. En ese momento no me daba cuenta de lo importante que era esto para su ego. ¡Ahora lo sé! Se siente poderosa de esta manera, su autoestima sube como la espuma. También estaban Carlota y Alexia, ¡no podían faltar! Las saludé, sin más. Ellas conocían al resto de invitadas y empezaron a divertirse a sus anchas. Desde el principio de la fiesta me puse a hablar con una amiga de Miriam que no conocía aún, Sandra. Era una mujer muy interesante y tocamos varios temas de conversación. Estábamos sentadas en el sofá de la terraza, justo al lado del jardín. Miriam pasó por delante de nosotras y exclamó:

—¡Lleváis mucho tiempo hablando!

Yo no le dí importancia, pero al poco tiempo volvió a la carga:

—¿Qué hacéis que no paráis de hablar?

Su voz había sonado muy seca. Me sentí muy incómoda. Ella se había alejado, pero pensé que era mejor terminar la charla con Sandra, y acercarme a Miriam. Fue inútil, me ignoraba, ni me miraba, ni me hablaba. Yo ya no sabía qué hacer, estaba desesperada, no sabía cómo comportarme. Sandra se acercó otra vez para hablar conmigo, intenté tocar temas más generales para incluir a otras amigas en la conversación. Se formó un grupo y pude aprovechar para escabullirme. Entré en la casa en busca de Miriam, estaba en la cocina hablando por teléfono, me planté allí, esperando que terminara de hablar. Cuando me vio, le cambió la cara, colgó el teléfono, quiso salir sin decirme nada. La detuve:

—Miriam, ¿qué te pasa conmigo?, ¿por qué me ignoras? —Ella hizo ademán de seguir avanzando.— Por favor, espera, quiero darte tu regalo antes de irme.

Conseguí captar su interés.

—¿Es que te vas ya?

Me gustó la pregunta.

—Bueno, verás, no tiene sentido quedarme si no es para estar contigo.

Me cogió la mano con dureza y me llevó a la habitación de invitados, la más cercana a la cocina. Me sentó bruscamente en el mismo sofá donde me besó. Se quedó de pie y me dijo secamente:

—¿Viniste para estar conmigo? Pues te he visto muy feliz junto a Sandra.

Yo me quedé atónita:

—Hablé con Sandra lo mismo que si hubiera sido cualquier otra persona. Quería ser amable con tus amigas por ti —Sentía tanta impotencia—: No sé qué hacer para agradarte, quiero estar a tu lado.

Me miraba fríamente:

—Si quieres estar conmigo, demuéstramelo, ¡quédate hasta el final!

Parecía un ultimátum, una provocación, asentí:

—Por supuesto que sí, me quedaré hasta que tú quieras, es tu cumpleaños.

Ella había ganado, como siempre, me levanté del sofá, Miriam se acercó a mí, estaba contenta, lo pude ver en su mirada, la tensión había pasado ya, me dio un suave beso en los labios y susurró:

—Tengo ganas de estar contigo, será el mejor regalo.

Volvimos con todas las demás, empezaron a cantarle el cumpleaños feliz, ella estaba exultante. Yo me sentía vacía, no sabía qué hacer. Le había prometido quedarme hasta el final y eso implicaba que estaría dispuesta para lo que pudiera pasar··· esta vez tenía que estar segura. Pero, ¿cómo podía saberlo? Tenía el estómago encogido, no pude probar bocado. Todas hablaban alrededor mio y, sin embargo, yo me sentía muy sola, Miriam reía, estaba en su salsa. ¿Qué podía hacer? Entré en la casa, busqué un sitio solitario para relajarme y pensar. Encontré un pequeño salón cerca de las habitaciones, había un diminuto sofá. ¡Qué bien! Justo lo que necesitaba para relajarme y estar conmigo misma.

De pronto oí una voz, me acerqué a la pared, retuve un instante la respiración. Era Alexia, seguramente hablaba por teléfono:

—¡Te he dicho que no! ¡No puedo hacerlo de esta manera!

Después de un largo silencio, volvió a hablar:

—¿Cómo te atreves?, ¡me estás manipulando y sabes que esto me pone furiosa!

Mientras no hablaba yo aprovechaba para respirar, no me quería perder nada de lo que pudiese decir. Nunca había oído a Alexia tan nerviosa:

—Yo también quiero, si insistes nos encontramos donde siempre en una hora. Buscaré una explicación. Ella está muy ocupada con su nueva conquista, le dará igual. Hasta ahora.

Rápidamente entré en el baño que había justo en frente del saloncito. Alexia salió, podía oírla alejarse gracias a su taconeo. ¿Con quién hablaba, y de quién hablaba? Una nueva conquista? Dios mío, podía estar hablando de Miriam y de mí. Entonces,¿cuánta gente sabía lo "nuestro"?

Mi corazón latía muy fuerte, me lavé las manos, me mojé la nuca, necesitaba refrescarme. La tensión me había hecho sudar. Ahora tenía que recuperar la serenidad. Salí del baño, dudaba si volver a la fiesta o quedarme allí, en el saloncito. Opté por lo segundo. Necesitaba más que nunca sentarme y pensar, ¿qué tendría entre manos Alexia? No me fiaba de esa mujer. Era la típica persona en la que no podías confiar plenamente y Miriam le había contado lo que pasó entre nosotras.No lo entendía,¿qué necesidad tenía de contárselo? ¿Sería para ponerla celosa? ¿A esto se reducía todo: poner celosa a Alexia? ¿Es que Miriam no tenía con quién hablar de sus cosas y se lo contaba todo a ella? No podía entenderlo, ¿estaba tal vez compitiendo con Alexia con las "conquistas"? No me podía imaginar que Miriam fuera así. Yo sentía que era una persona muy especial, no quería pensar que me había equivocado. Me negaba a ver lo que quizá no hubiera podido aceptar, la quería demasiado y lo único que deseaba era estar en su vida. Me levanté y como una autómata me dirigí a la terraza donde estaban todas. En el camino me crucé inesperadamente con Alexia:

—¡Ah, Valeria! Miriam te busca, creo... ¡Que lo paséis bien... hasta otra!

Le sonreí y le dije:

—¿Es que te vas ya?

—Sí, tengo mucha prisa, ¡adiós!

Y se fue rápidamente.

En la terraza estaban casi todas de pie, parecía que la fiesta estaba terminando, me acerqué a Miriam, ella estaba hablando, muy alegre, me hizo una señal con la mano para que me pusiera a su lado. Obedecí y me quedé escuchando pero sin entender siquiera lo que estaba oyendo. Mi cabeza estaba en otra parte. Estaba preocupada, no podía olvidarme de Alexia. ¡Qué diablos! ¡No podía estar así! No quería estropear los momentos que podía estar con Miriam, decidí olvidarme de lo malo y disfrutar un poco de lo que quedaba de fiesta. Poco a poco se fueron despidiendo todas las amigas, las últimas dos fueron las que más tardaron en irse. ¡Necesitaba que se fueran ya! Y por fin nos quedamos solas.

Ella estaba pletórica, yo me preguntaba si era por la fiesta o porque me había quedado, quise pensar que estaba feliz de tenerme junto a ella. Me abrazó con fuerza y me dijo:

—Qué bien que estés aquí conmigo, vamos a dejar todo como está, mañana llega la mujer de la limpieza muy temprano para recoger y ordenar. ¿Quieres sentarte, quieres tomar algo?

Hablaba tan rápido que parecía que tenía prisa. Le dije:

—Sí, gracias, necesito una copa de cava, si te queda.

—Claro que sí —me contestó—, ahora mismo voy a buscar una botella y nos la vamos a beber juntas, ve al salón y ponte cómoda.

Estaba empezando a oscurecer, no pensaba que fuera ya tan tarde, encendí una lámpara que había cerca del sofá y me senté. Estaba tranquila, no me esperaba nadie, había conseguido organizarme muy bien por lo que pudiera surgir. Y efectivamente había surgido algo especial: estar con Miriam a solas, sin prisas. Lo deseaba y lo temía. Mi mente me decía "vete corriendo" pero mi corazón me pedía a gritos que me quedara. Estaba como paralizada, no podía moverme del sofá, ella llegó en seguida con la botella de cava y dos copas. Se sentó a mi lado y sirvió la bebida. Me dio una copa mirándome fijamente a los ojos:

—Me encanta que estés aquí , no podía esperar mejor fin de fiesta.

Tenía fuego en la mirada.

—Para mí es muy especial también —le contesté, tomé un sorbo de cava y acto seguido me lo bebí todo. Miriam se puso a reír.

—Cuidado, podrías hacer locuras y no darte cuenta, bebe despacio, ya verás como lo disfrutarás mejor.

Llenó mi copa otra vez, se acercó hasta rozarme y puso la copa en mi mano sin apartar la mirada. Sentí un calor especial, ella estaba tan cerca, pegada a mí, bajé la vista, me sentía de pronto como una joven sin experiencia, avergonzada, sin saber qué hacer.

—Relájate —me susurró al oído—, yo te guiaré.

Para ella esta situación era de lo más

normal. Yo, en cambio, no estaba segura de nada. Mis sentimientos hacia ella eran tan fuertes que quería darle lo que ella quisiera. Bebí todo de un trago, la miré profundamente a los ojos y le dije:

—Te necesito, quiero estar contigo pero no sé si es lo correcto, me siento rara.

Miriam me acarició la cara, se acercó más y más, me besó suavemente.

—No es lo correcto, pero te deseo tanto que no quiero pensar en nada más.

Me dejé llevar sin mirar atrás, quería disfrutar plenamente de ella. Sus besos me volvían loca. Nuestros cuerpos se juntaron, llenos de deseo, ella buscaba entre mi ropa algún sitio dónde pasar la mano y acariciar mi piel. Levantó mi blusa y deslizó una mano sobre mi pecho, con suavidad, deteniéndose en mis pezones erectos. Sentí una ola de calor por todo el cuerpo, quería más, cada vez más, me quitó la falda y las braguitas... Sus miradas llenas de pasión me hacían desearla con más intensidad, mi cuerpo se estremecía con cada caricia, nos besábamos sin parar. Disfrutaba de todo, su olor, su piel, sus manos que se perdían por todo mi cuerpo, su lengua dulce y fuerte a la vez, sus miradas, todo me llenaba de ardor, de fuego... La ayudé a quitarse la ropa, ella desabrochó mi blusa y suavemente me liberó de la última prenda que nos separaba, por fin desnudas, nuestros cuerpos ondulaban, flotando sobre la misma ola, un mar de sensaciones nuevas se abrió a mí, nuestros gemidos se entremezclaban, nos saboreábamos apasionadamente, hicimos el amor una y otra vez, mezclando caricias, besos, palabras de amor, risas cómplices. Fue mágico...

Me sentía ligera, feliz, había disfrutado tanto que me sentía agradecida a Miriam por todo el placer que me había dado. Nos quedamos acurrucadas en el sofá, desnudas, observándonos. Su piel morena contrastaba con su pelo casi rubio, y mi piel blanca con mi pelo moreno, éramos tan diferentes... Ella me acariciaba el pecho, la cintura, se paraba en los muslos, me decía lo mucho que le gustaba mi cuerpo, mis piernas, tan largas.luego trajo más cava, unos pastelitos que quedaron de la fiesta, y estuvimos así, desnudas, bebiendo y comiendo. Me sentía fuera de la realidad. Dios mío, la quería tanto...

La vuelta a la rutina de mi vida fue muy dura. Todo había cambiado, me sentía diferente, estaba como en una nube de la que no quería bajar. Nada me interesaba, nada me importaba, solo pensaba en ella, ella, ella y ella. Deseaba estar sola en todo momento para poder recordar nuestra noche de mayo. Fue tan maravillosa que me parecía imposible mejorarla. Me acuerdo especialmente de cuando le di mi regalo, aquellos pendientes del color de su pelo.

—Qué preciosidad —me dijo, y acto seguido se los puso, era lo único que llevaba puesto en ese momento, le quedaban realmente muy bien.

Cuando nos despedimos esa noche se me partió el alma. No sé por qué me sentía así, seguramente pensaba que no se iba a repetir esa magia. Era consciente de que ese camino de dependencia afectiva no era nada saludable. Pero no podía frenar mis sentimientos. La necesitaba para vivir. Suena muy drástico, pero así era: para tener vida necesitaba tenerla a ella. Cuando no estaba con ella, me sentía vacía, sin vida. Una frase que había leído en un libro de autoayuda me venía a la memoria: "Depender de alguien es el peor mal que te puedes hacer a ti mismo, si esperas que tu felicidad venga de otra persona inevitablemente te sentirás defraudado". Esta dependencia me convertía en esclava, ya no tenía libertad para ser yo misma.

Fue así como empezamos nuestra relación. Yo plenamente enamorada, ella totalmente encaprichada...

CAPÍTULO V

Nuestras vidas...

Como seguramente habréis imaginado, nuestra situación personal era complicada. Miriam estaba casada desde hacía muchos años con un hombre un poco más mayor que ella. Era una pareja muy extraña, por lo menos para mí, aunque hablándolo con una amiga en común, Andrea, me di cuenta de que yo no era la única que lo pensaba. Digamos que no se les veía hechos el uno para el otro. Juan era un hombre coqueto y a la vez orgulloso. Sus ideas tenían que ser siempre escuchadas, él era el que tenía la razón en todo. Me resultaba muy cansado hablar con él, de hecho yo le rehuía continuamente. Sobre todo después de un episodio en el que estábamos a solas y él me cogió la mano muy suavemente, demasiado suavemente para mi gusto. Esto fue al poco de conocernos y francamente no estaba dispuesta a dejarme llevar por el marido de una amiga. Lo que pasó después con Miriam fue totalmente diferente ya que me enamoré de ella. No era nada premeditado por mi parte y menos con una mujer. Cuando se está enamorado es casi imposible resistirse. Ella me comentó en una ocasión que le gustaría estar sola para hacer su vida a su manera. Estaba claro que se quedaba con Juan por sus hijos ya que no sentía nada por él. Miriam se sentía diferente desde la adolescencia cuando descubrió que le atraían las mujeres. Tuvo alguna historia con amigas pero decidió elegir ser una perfecta esposa y madre, no quiso ser "diferente". ¿Cobardía o valentía? Es muy difícil juzgar.

Tenían dos hijos, Eduardo y José, se llevaban solamente un año. Los chicos estaban de lleno en la adolescencia, con lo que eso supone. Estudiaban en un internado inglés. Juan viajaba mucho por su profesión. Por eso Miriam pasaba mucho tiempo sola, y se puede decir que lo disfrutaba plenamente.

Alexia estaba separada y tenía una hija, Livia, de 18 años. El padre, Daniel, era el que mantenía el alto nivel de vida de las dos. Gastos, gastos y más gastos... No me quedaba claro cómo Alexia había conseguido que su ex marido la mantuviera tan generosamente. Tenía una casa espléndida, no trabajaba y gastaba mucho. Alexia pretendía ser siempre la más elegante y para eso tenía que gastar... Miriam me contó que Alexia le hacía chantaje a su ex marido con unos papeles que tenía en su poder y que le podían comprometer muchísimo en su trabajo. No sabía si creerlo, ¿pero por qué no? ¡Ella era capaz de todo! Livia pasaba largas temporadas con su padre porque según me contaron se sentía más a gusto con la nueva familia de él.

Carlota estaba casada y tenía dos hijos, Roberto y Rafael, de 15 y 13 años. Su marido, Javier, trabajaba en una gran empresa, por lo que pasaba mucho tiempo fuera de casa. Viajaba a menudo igual que Juan, el marido de Miriam, por eso las dos amigas hacían muchos planes juntas.

Sandra, la amiga de Miriam con la que hablé en el cumpleaños, no estaba casada ni tenía hijos. Ella había elegido otro tipo de vida, le gustaba viajar y no quería comprometerse con nadie para poder ser libre. Me parecía fantástico porque era muy coherente consigo misma. Ella era médico y solía viajar a países donde pudiera hacer falta. Le gustaba juntar el placer de viajar con la posibilidad de ayudar. Miriam le tenía envidia justamente por eso ya que le hubiera gustado vivir así. Cuando nos vio hablar durante tanto tiempo sintió celos. Le molestaba el hecho de que yo pudiera admirar a Sandra.

Yo también estaba casada. No tenía hijos. No pudimos tenerlos, no sabemos realmente el porqué. Nunca quisimos saberlo. Mi marido Nacho estaba de acuerdo conmigo en no forzar nada. Nacho tenía ya tres hijos con su primera mujer y yo no sentía la necesidad de ser madre. Sus hijos nos visitaban a menudo por lo que teníamos ambiente familiar casi a diario. Nuestra relación era muy especial, Nacho era 19 años mayor que yo. Cuando cumplió 55 años decidimos de mutuo acuerdo no tener relaciones sexuales juntos. Nacho se comportaba como un padre conmigo. Yo me dejaba llevar. Francamente no echaba de menos hacer el amor con él, era bastante frío en la cama, no tenía esa pasión que yo tanto necesitaba. No pusimos ninguna condición referente a nuestra vida sexual. Todo consistía en tener respeto mutuo. En el tiempo que llevaba sin hacer el amor con mi marido no había tenido ninguna relación. Estaba tan ocupada trabajando que no pensaba en eso. Nacho era un compañero estupendo y nos lo pasábamos muy bien juntos. Realmente no sentí la necesidad de acostarme solamente por placer. Es algo que nunca había hecho. No me veía en el papel de la mujer que sale por la noche con amigas para buscar un ligue. Cuando yo salía con mis amigas era para divertirme, bailar y reír, no buscaba nada más. Por eso fue tan impactante para mí descubrir que me había enamorado, y además de una mujer.

Miriam fue la única persona, después de varios años, que despertó en mí las ganas de hacer el amor. Mi cuerpo había estado dormido todo este tiempo.

CAPÍTULO VI

Por mi profesión tenía que viajar varias veces al año, me ocupaba del marketing de una gran empresa hotelera. Mis viajes solían ser bastante rutinarios y cortos, dos o tres días como mucho. Le propuse a Miriam acompañarme. Ella tenía tiempo libre y estaba sola en muchas ocasiones. Aceptó viajar conmigo a Mallorca, íbamos a estar tres días y aunque yo tenía compromisos importantes por trabajo ella podía visitar la isla. Nos encontrábamos por las tardes en el hotel. Era estupendo estar juntas, solas, sin obligaciones familiares. Nos reíamos mucho a la hora de vestirnos y maquillarnos para salir. Ella no llevaba nunca falda o vestidos. Quise que se probara un vestido mío y francamente era como disfrazarla. Además verla con una prenda tan femenina me disgustó profundamente. Ella tampoco se sentía cómoda así. Su ropa habitual eran los pantalones, las camisas, los chalecos y en verano se ponía diferentes tops. Estaba claro que su estilo era masculino y eso me gustaba. Cuanto más masculina la veía, mejor me sentía yo. No conseguía asimilar tan rápido el hecho de que me había acostado con una mujer. No me gustaba que se maquillara ni los ojos ni los labios. Miriam intentaba poner algún toque femenino a su atuendo, principalmente con las joyas o los complementos. Sin embargo le encantaba verme con ropa sexy, mirarme cuando me vestía, le gustaban mis conjuntos de ropa interior. Los míos eran de encaje, azules, rosas, dorados y los suyos negros o blancos de estilo deportivo. Estaba claro que nos complementábamos.

La última noche en Mallorca salimos a cenar cerca del hotel, en el paseo marítimo. Era una noche fantástica, hacía calor, había mucha gente paseando, las terrazas estaban llenas. Nos paramos en un restaurante italiano, muy acogedor. Cuando nos encontrábamos cenando sonó su teléfono, respondió, era Alexia. Miriam se estaba poniendo muy seria conforme escuchaba a Alexia.

—De acuerdo, lo haré, sí, estoy muy bien, te llamaré —le dijo.

Yo estaba pensando que Alexia no nos dejaba en paz, cuando Miriam me dijo:

—Alexia me acaba de decir que su ex marido, Daniel, está en el hospital. Ha tenido un ataque al corazón, está en observación. Su hija Livia le ha dicho que Daniel quería hablar conmigo. Tengo que llamarle mañana por la mañana.

Vaya, eso no me lo esperaba.

—¿Cómo es que quiere hablar contigo?, que extraño, ¿no?

Mi voz sonaba seca. Ella se dio cuenta:

—Daniel y yo éramos amigos antes de que se casara con Alexia. Nos hemos distanciado un poco cuando se casó con su actual mujer, Sonia, pero siempre seremos amigos.

Su voz se quebró, le cogí la mano.

—Lo siento mucho, seguramente estará bien.

Terminamos de cenar y volvimos al hotel en seguida. Nunca la había visto tan afectada. Esa noche tomamos unas copas en el bar del hotel, era un sitio realmente agradable, un pianista tocaba melodías "del ayer". Miriam estaba callada. No me gustaba verla así, pero tampoco sabía cómo animarla.

—Daniel es un hombre estupendo. Cuando se separó de Alexia yo estaba de su parte, porque sabía que ella le había engañado. Él no me lo dijo nunca, siempre ha sido y será un caballero.

Nuestros tres primeros días juntas, sin familia ni amigos, iban a terminar y yo me sentía mal. A esto se añadía que Miriam estaba preocupada por Daniel. Así que nos acostamos en silencio. Pusimos la televisión. Al rato le cogí la mano, ella se acerco a mí, juntamos nuestros cuerpos y estuvimos así, despiertas, mirando un programa de humor, sin ni siquiera sonreír.

—Podríamos hacer algo más interesante, ¿no? —me susurró al oído.

La miré sorprendida, pero cuando vi su mirada comprendí en seguida a qué se refería. Sentí un escalofrío por todo el cuerpo, ella me besó y me sentí otra vez como en una nube. Yo necesitaba sus besos, sus caricias, su mirada... y ella lo sabía. Hicimos el amor dulcemente, sin prisas. Nos besábamos despacito, como para saborear el instante. Había mucha ternura. Mis gemidos la excitaban, su cara cambiaba, parecía querer absorberme, estrujarme, impregnarse de mí. Ella era la que llevaba el ritmo, pero a la vez estaba muy pendiente de mí, de mis reacciones. Para mí era un regalo. De alguna manera sentía que me quería. Miriam era todo un misterio. Aunque me decía muy a menudo que me deseaba, no me hablaba nunca de sentimientos. Llegué a pensar que no los tenía, y con el tiempo, conociéndola, entendí que se había propuesto reprimirlos.

En el avión de vuelta casi no hablamos. Al llegar, Miriam quiso ir directamente al hospital, yo preferí ir a casa. Nos despedimos.

—Llámame para decirme cómo va todo —le dije.

Ella no contestó y se fue.

Cuando llegué a casa me dio un bajón de ánimo tan fuerte que me puse a llorar desconsoladamente. ¡Había disfrutado tanto de esos tres días! Mi vida me parecía de pronto vacía de sentido. ¿Qué significado le podía dar a lo que me estaba sucediendo? Estaba casada con un hombre con el que no me acostaba, y tenía encuentros sexuales con una mujer de la que estaba profundamente enamorada. No era feliz con esta situación. Tenía que cambiarla. Lo más importante era ser coherente conmigo misma. Sabía que le iba a hacer daño a mi marido, pero por otra parte también le daba la oportunidad de rehacer su vida. Tenía que recuperar mi libertad y devolverle la suya.

Decidí hablar con Nacho lo antes posible, le llamé para quedar en un restaurante. Me parecía mejor hablar en un sitio neutral. Nada más verme se dio cuenta de que pasaba algo grave.

—¿Qué te ocurre, cariño? ¿Ha pasado algo en el viaje?

Al oír su voz casi me pongo a llorar. Me aguanté como pude.

—Sí, te tengo que contar algo, no será agradable para ti, pero no quiero mentirte más.

Se le cambió la cara.

—¡Entonces habla! —me espetó.

Empecé desde el principio, no me podía parar, quería soltarlo todo lo antes posible. Era como un desahogo para mí. Mi marido no se inmutó, me escuchó hasta el final.

—Podemos arreglarlo —me dijo.

—No, no quiero arreglar nada, quiero estar con ella, ser libre para vivir mi amor sin esconderme de ti. Yo te quiero, pero de otra manera. Espero que lo comprendas, y no deseo hacerte daño.

No pude aguantarme las lágrimas, Nacho seguía hablando.

—Te propongo una cosa, piénsalo durante unos días, yo aceptaré lo que decidas. Sabes que te quiero, por eso quiero que estés feliz, pero a lo mejor es algo pasajero. Espera unos días, por favor, hazlo por nosotros.

Yo sabía perfectamente que mis sentimientos no iban a cambiar, pero me pareció justa su propuesta. Nacho se merecía todo, por ser como era, buena gente, buen compañero, buen amigo.

—Tienes razón, me tomaré un tiempo de descanso en el trabajo y luego veré qué hago. Sabes que no quiero hacerte daño.

CAPÍTULO VII

Daniel murió. Yo no me lo esperaba, pensaba que no podía llegar a ocurrir. Fue tan rápido, a los dos días de nuestra vuelta. Miriam estaba desconsolada. Era la primera vez que se encontraba frente al dolor por la muerte de un ser querido. Yo tenía experiencia en eso, por desgracia. Sabía que no podía arreglarlo sino simplemente estar allí, abrazarla, escucharla, quererla... La muerte no tiene cura ni solución. Es el punto final. No se puede cambiar, parchear, obviar, disimular, esconder, reprimir, ignorar... Cuando llega, no hay escapatoria posible. Te planta cara, te golpea, te destroza el corazón, te desestabiliza. Miriam estaba hundida. No me sorprendió que me llamara para pasar la noche en su casa.

—Por favor, Valeria, Juan está de viaje y me encuentro muy sola. Te necesito conmigo.

Estaba llorando. Era la primera vez que lloraba delante de mí.

—Miriam, no sé si es correcto quedarme a dormir en tu casa, en vuestra cama...

Se lo dije suavemente, ella me contestó:

—Ven, te tengo que contar algo muy importante, además dormiremos en la habitación de invitados. No me falles, Valeria.

Tuve que aceptar, pero tenía mis dudas. Esta situación me pesaba cada vez más. Yo también iba a aprovechar para hablar con ella.

Llevábamos solo tres días sin vernos y me parecían una eternidad. La abracé y dije:

—Dios mío... —Quise decirle "cuánto te quiero" pero me aguanté.

Sabía que no era el momento. Podía resultar inapropiado en estas circunstancias. Ella estaba mal, tenía los ojos llorosos.

—Gracias por venir, me hace sentirme mejor .

Pasamos al salón, había pasteles y bebida en la mesa. Me gustó que hubiera pensado en mí. Le dije:

—Sé cómo te sientes, perder a una persona querida es muy duro.

Me miró con amargura:

—No solo es esto, Valeria. Te tengo que contar··· verás, Daniel habló conmigo el mismo día en el que fui al hospital. Me dijo que Alexia estaba tramando algo. Según él, Alexia está muy celosa de mí, no soporta que esté con otras personas. Esto la ha llevado a querer hacerme daño.

Me quedé perpleja, me acordé de la conversación de Alexia por teléfono en el cumpleaños de Miriam.

—Pero, ¿qué te puede hacer? —le pregunté.

Bajó la vista:

—Se está acostando con mi marido; cuando Juan está de viaje, vaya casualidad, Alexia también.

Me sorprendió el tono de rabia...

—Y tú te acuestas conmigo —le dije.

Me lanzó una mirada asesina.

—No me importa que mi marido se acueste con alguien, me da lo mismo, hace mucho tiempo que dejó de importarme. Juan está siempre de viaje. ¿Crees que un hombre que viaja tanto es fiel? Es imposible, hay demasiadas tentaciones allí fuera. Lo que me da rabia es que Alexia se meta en mi vida de esta manera. ¿No te das cuenta? Quiere darme celos para que vuelva con ella y te deje.

Me sorprendí.

—¿Se acuesta con tu marido para que vuelvas con ella? Me parece increíble. ¿No será que lo que quiere es que Juan te deje a ti para casarse con ella? Todos sabemos que es el tipo de mujer a la que le gusta tener a un hombre al lado. Queda mejor para su vida social. Ser una divorciada no le gusta. Además ella quiere tener tu vida, te tiene envidia.

Miriam me escuchaba atentamente. Estuvimos en silencio durante un rato que me pareció largo.

—¿Tú sientes algo por ella? —Hacía mucho tiempo que quería hacerle esta pregunta.

—Somos amigas, hemos pasado muchos buenos momentos.

La miré con ironía:

—No me refiero a eso.

Ella sonrió:

—Sé a lo que te refieres, pero no te puedo contestar con un sí o un no. Es muy complicado.

Me levanté del sofá, estaba incómoda:

—No me vengas con estas, Miriam, todo el mundo sabe cuando está enamorado de alguien. ¿La echas de menos, piensas en ella cada día, la tienes en tu cabeza constantemente, no puedes vivir sin ella? ¿Qué me contestas a eso?

Estaba claro que yo hablaba de mis propios sentimientos. Miriam se levantó y se acercó a mí. Puso sus manos en mi cara y me dijo:

—Pienso en ti cada día.

Cerré los ojos, era la primera vez que escuchaba esto de sus labios. Me derretí en un momento. Nos besamos, empecé a sentir el calor inundar mi cuerpo.

—Te deseo como no he deseado a nadie —me susurraba al oído—. Vamos a la cama, quiero disfrutar de ti.

Su mirada me lo confirmaba, estaba llena de deseo.

—Me pones a cien —le dije—. Y esto te gusta, ¿verdad?

Me cogió la mano y me llevó a la habitación, me empujó suavemente hacia la cama. Empecé a desnudarme mirándola a los ojos, ella no perdía ni un detalle. Mientras me miraba se quitaba la ropa y en un segundo nos quedamos desnudas. Unimos nuestros cuerpos calientes, nos besábamos, nos acariciábamos. Miriam estaba muy excitada, sus gemidos eran más fuertes que nunca. Yo disfrutaba de oírla, eran como descargas de placer para mí. Nos entendíamos muy bien sexualmente. Yo me soltaba cada vez más y ella lo apreciaba, se notaba que estaba feliz entre mis brazos.

Estuvimos hablando casi toda la noche, me contó cómo conoció a Juan y cómo empezaron a distanciarse sexualmente. A ella le gustaban las mujeres y le costaba cada vez más acostarse con su marido. Cuando conoció a Alexia se sintió atraída en seguida por ella. Alexia lo notó y no se hizo rogar, tuvieron un encuentro muy superficial una noche que estaban solas en su casa. Pero no quisieron profundizar en ese momento. Fue unos años después, en una fiesta, un poco alegres de tanto beber, que tuvieron el primer encuentro sexual pleno. Según Miriam lo de Alexia era solo sexo y amistad, pero yo tenía mis dudas. Ella no supo contestarme cuando le pregunté sobre sus sentimientos. No hablé de mí. Prefería escucharla. No le conté la conversación que tuve con mi marido, me lo guardaba para otra ocasión.

—¿Qué piensas hacer cuando vuelva Juan de viaje? —le pregunté.

—No lo sé, tengo que pensar fríamente, no quiero meter la pata.

Se veía que no tenía ganas de enfrentarse a ese problema por ahora. Intenté ayudar:

—No sería mejor ver cuáles son las intenciones reales de Alexia? Así sabrás cómo actuar.

Miriam se puso seria:

—Alexia se mueve solo por interés, sea económico o social. Yo tengo que decidir cómo encauzar mi vida. Se lo prometí a Daniel. Es el momento perfecto para hacer balance.

CAPÍTULO VIII

Sí, para mi también era el momento perfecto de hacer balance. Mi marido Nacho se había ido a visitar a su familia en Barcelona. Era su manera de ayudarme. Respetaba mi necesidad de estar sola. Se me partía el corazón al ver que me quería tanto. Cuando se tiene a una persona maravillosa como pareja pero se pasa uno el día pensando en otra, es para amargarse. Tenía mis momentos de amargura, desde luego. ¡Fui tan feliz con Nacho! Conocer a Miriam había estropeado esa tranquilidad, ese bienestar. Ahora me sentía tan insegura como vulnerable.

Había quedado al día siguiente con Miriam para comer en mi casa. Ella vino muy sonriente, como si no hubiera pasado nada los últimos días. Yo admiraba esa capacidad de sobrellevarlo todo. Pero cuanto más la conocía más notaba en ella un cierto aire de superficialidad. No se paraba demasiado tiempo en un problema, ella quería vivir la vida y disfrutar. Pensé que eso mismo era lo que yo necesitaba y que al estar con ella lo podía conseguir. El problema era que cada uno es como es, y en mi caso era muy difícil olvidar mi lucha interna.

Mientras comimos estuvimos hablando de cómo Livia estaba sobrellevando la muerte de su padre. A la hora del café Miriam me dijo:

—Alexia me ha llamado, llorando, estaba destrozada. Dice que le está costando mucho pensar que ya no está Daniel. Me quería ver hoy, pero le dije que no podía ser, que tenía cosas que hacer.

Me enfadé:

—¿No puedes decirle que has quedado conmigo?

Miriam se puso tensa:

—No tengo que darle explicaciones, simplemente le dije que no. Deberías estar contenta, podría haber anulado nuestra cita para ir a verla.

Sentí que me estaba manipulando como tantas veces.

—Me gustaría ser alguien importante en tu vida, pero me temo que tienes otros sentimientos.

Miriam me miró a los ojos y dijo:

—Quería estar contigo, ¿no te basta?

Bajé la mirada, no supe qué decir.

Miriam seguía mirándome:

—Necesito tocarte, restregar mi cuerpo contra el tuyo, besarte. —Se incendió algo dentro de mí—: Ven, vamos a la cama.

Terminamos haciendo el amor toda la tarde. Me sentía ligera, feliz, relajada...

Miriam tenía intención de invitar a algunas de sus amigas a cenar a su casa, aprovechando la ausencia de su marido.

—¿Vendrás a mi cena? Estarán Sandra, Andrea, Carlota y Alexia···

Me quedé descolocada, sabía que cuando había otras personas Miriam no era la misma y, además, no tenía ganas de ver ni a Alexia ni a Carlota.

—No sé, ¿tienes ganas de que vaya?

Ella se quedó callada, por fin contestó:

—Me gustaría que vinieras, pero no podemos hacer público lo nuestro.

Me reí:

—Tranquila, yo no quiero hacer público nada de nada, no me interesa tampoco, y menos delante de tus amigas.

Miriam se encogió de hombros:

—Como tú quieras, ¿vienes o no?

Tuve que aceptar la invitación, no quería parecer antipática o rencorosa con sus amigas. La realidad es que no tenía ganas de verlas. Quedamos en que llevaría un pastel de arándanos de mi pastelería preferida.

Llegué muy pronto para la cena, demasiado pronto, seguramente. Alexia estaba con Miriam en el salón. Sentí como si hubiera interrumpido alguna conversación muy importante. De hecho, Alexia se puso seria al verme. Nos saludamos fríamente, no fue tan falsa como de costumbre, y eso me extrañó mucho. Miriam me ofreció una copa de vino. Me senté en la única butaca que había, manteniendo las distancias. Miriam se sentó al lado de Alexia. Sentí un pellizco en el corazón. ¿Cómo podía Miriam estar tan tranquila al lado de la amante de su marido? Yo no lograba entender el comportamiento de Miriam, la veía demasiado tranquila. Hablamos de cosas superficiales hasta que llegó Carlota:

—¡Hola, chicas!

Esa era su manera de saludar, siempre tan pija y sosa. En seguida se sentó y empezó a hablar con Alexia enseñándole el último bolso que se había comprado. Miriam le sirvió una copa. Alexia estaba muy sonriente escuchando a Carlota. Miré a Miriam, ella estaba como ausente pero pendiente de sus amigas, e inevitablemente me sentí sola.

Por fin llegaron Sandra y Andrea. Fueron especialmente amables al saludarme, Sandra me dijo estar muy contenta de verme. Me sentí halagada, pero tenía que tener cuidado con los celos de Miriam por lo que estuve un poco distante. Andrea se sentó cerca de mí y noté la mirada fría de Miriam. Me sentía realmente incómoda.

Miriam me pidió que la ayudara en la cocina. Acepté con agrado. Ya en la cocina entendí por qué me había elegido a mí:

—Alexia me ha dicho que mi marido sabe lo nuestro y que seguramente lo saben también todas las que están hoy aquí.

Me sentí de pronto muy cansada:

—Me da igual que lo sepan. Tu marido

está liado con Alexia, ¿dónde está el problema? "

Miriam me miró fríamente:

—El problema es que yo no quiero que se sepa que soy lesbiana, ¿no lo entiendes? Mi familia, mis hijos, mi vida entera··· Sería un desastre!

Estaba afectada:

—Para ti no es lo mismo, tú no tienes hijos.

Me sentí mal:

—No es culpa mía si tu amiga es una cotilla, no lo pagues conmigo.

Miriam se enfadó:

—¿Por qué piensas que ha sido Alexia?, siempre estás en contra de ella.

Me reí con ganas:

—Pues claro que es ella, Daniel te avisó de que quería hacerte daño, ¡pues ahí lo tienes! Ella es la que tramaba algo contra nosotras, la oí hablar por teléfono en tu casa durante tu fiesta y estaba claro que estaba metida en algo malo. No me fío de ella y después de lo que te ha dicho Daniel no puedo entender que sigas tan confiada.

Miriam contestó:

—Alexia es mi amiga, no puedo borrar todo de un plumazo. Volvamos al salón, no puedo desatenderlas de esta manera.

Me parecía increíble la facilidad que tenía Miriam de cambiar de cara en un momento. De pronto se convirtió en la perfecta anfitriona, nos invitó a sentarnos a la mesa, nos sirvió bebida, comida, parecía feliz. La conversación giraba en torno a las dietas, el gimnasio, las arrugas, etc. Eran los temas preferidos de Alexia y de Carlota. Miriam participaba en la conversación alegremente, no me miraba ni se dirigía a mí. Sandra y Andrea conversaban entre ellas sobre temas laborales ya que tenían la misma profesión. Me sentía fuera de lugar y además estaba preocupada, no podía pensar con claridad. Me molestaba que Miriam se fiara tanto de Alexia, sentía celos... Sí, eso era lo que sentía: ¡celos!

CAPÍTULO IX

Después de la velada me fui rápidamente a casa, necesitaba estar sola. No podía más, me sentía muy débil, muy cansada. Las amigas de Miriam no me valoraban en absoluto. Era como si no estuviera. Carlota me había dado la espalda varias veces, me despreciaba. Alexia me habló pero de manera muy fría. Sandra y Andrea se dejaron llevar por las demás y al final del encuentro se despidieron de mí sin más. Yo esperaba un poco de atención, incluso las típicas frases de cortesía. ¡Pero nada! Me fui la primera, no podía soportar por más tiempo la tensión.

Estuve dándole vueltas a todo durante la noche, no pude dormir. Mi intuición me decía que era Alexia la que pretendía apartarme de todas. Y no andaba muy desencaminada. Al día siguiente por la mañana recibí una llamada de Sandra. Estaba confusa. Me explicó que durante el lapso de tiempo que estuvimos en la cocina Miriam y yo, Alexia les dijo que estábamos liadas.

—Lo siento si te pongo en un compromiso, pero tengo por costumbre escuchar todas las partes, por eso te llamo. No es que me importe personalmente, pero quería avisarte de que Alexia está en plan guerrera y hay que tener cuidado con ella.

—Gracias Sandra —le contesté—, me alegro de que me lo preguntes, es un secreto a voces, y tarde o temprano se iba saber.

—Sí, pero se trata de cómo lo comenta Alexia. Ella dice que tú estás como loca detrás de Miriam y que ella está contigo por pena. Me sabe mal por ti, seguramente te habrás sentido desplazada ayer en la cena.

—Muchísimo, es verdad. Siento que no se me aprecia en el entorno de Miriam. No lo llevo nada bien. Te agradezco tus palabras, no pensaba que Alexia pudiera decir esto de mí. Miriam no está conmigo por pena, no va con su carácter. Ella hace las cosas porque quiere, mientras quiere. Alexia la conoce muy bien, lo que pasa es que quiere hacerme daño.

—Tienes razón, te tiene manía por algo. No sé realmente la razón, pero se nota. Y Carlota bebe de sus palabras, la copia en todo. Pero no entiendo que Miriam no se dé cuenta de cómo te tratan estas dos, ¿te ha dicho algo?

—No, no quiere reconocer nada de esto, y además se enfada si saco el tema.

—Pues ten cuidado, esto es una forma de manipulación. No dejes que te hagan de menos, tú les das mil vueltas a estas mantenidas.

Me sentí mejor al ver que no todo el mundo estaba en contra de mí.

—Gracias, Sandra, no sé qué pensar, no puedo cortar con Miriam por eso, la quiero, ¿sabes? La necesito a mi lado, estoy muy pillada. Pero tú que conoces a Miriam, ¿qué piensas sobre su homosexualidad?, ¿no te ha extrañado?

—No, no me extraña, siempre la he visto más masculina y muy pendiente de las amigas y las mujeres en general. Pero tampoco le he preguntado ya que pertenece a su vida privada. Por eso me choca bastante que una amiga suya se permita comentar lo vuestro en una cena.

—Alexia quiere hacernos daño, creo que tiene celos. A mí no me molesta en absoluto que me relacionen con una mujer, aunque es la primera vez que me ocurre, pero creo que Miriam lo lleva muy mal. Seguramente sea por su familia y sus hijos.

—Sí, tienes razón, tiene que ser duro enfrentarte a los juicios de los demás. Pero, Valeria, francamente, hay que vivir la vida. Hay tantas personas que sufren en este mundo, no merece la pena reprimirse, y si no le haces daño a nadie, adelante. Yo sé que Miriam lo ha pasado mal con su marido, siempre de viaje e infiel por naturaleza. Ella se merece disfrutar de la vida a su manera.

—Sandra, escucha, no le diré a Miriam que me has llamado. ¿Sabes qué pasa? Es que ella tuvo celos de cuando hablamos aquella vez en su cumpleaños, ¿te acuerdas?

—Sí, me acuerdo. Ya me parecía extraño que no te acercaras más a mí, pensé que no te interesaba hablar conmigo.

—¡No, que va! Al contrario, me gustó mucho conocerte, pero Miriam me echó la bronca, entonces tuve cuidado de no molestarla. Si te parece bien, estaremos en contacto, pero discretamente, no quiero problemas.

—Por supuesto, no te preocupes, y si necesitas hablar no dudes en llamarme. Ánimo, Valeria, ¡y hasta pronto!

¡Qué bien me sentó hablar con Sandra! Había estado tan sola. Ahora sabía que tenía por lo menos una persona del entorno de Miriam que no me despreciaba. Pero la conversación también me abrió los ojos, Alexia y Carlota estaban realmente en contra de mí. Pero lo peor era que Miriam no lo quería ver.

Sabía que Juan llegaba de su viaje de Cuba esa misma tarde. Opté por no llamar a Miriam. Seguramente necesitaba estar sola para pensar antes de la llegada de su marido. ¿Qué le iba a decir? ¿Cómo lo tomaría él? Era todo un misterio para mí, ya que Miriam no me había dicho ni una palabra sobre ese tema.

Estuve dos días completamente sola, aislada del mundo en casa, andando de la cama al sofá y del sofá a la cama, como un alma en pena. No tenía ganas de nada. Miriam no me había llamado aún. Me parecía muy extraño. ¿Qué podía estar pasando para que ni siquiera me mandara un simple mensaje? Cabía la posibilidad de que no hablara con su marido. A lo mejor le interesaba tenerlo ocupado con Alexia para ella poder hacer lo que quisiera. Sea lo que fuere, me dolía ese silencio. No podía pensar en otra cosa.

A las tres de la mañana del segundo día, estando en la cama sin poder dormir, cogí el ordenador y me dispuse a comprar un billete para Mallorca. Necesitaba desaparecer un par de días. Reservé en el mismo hotel donde estuve con ella. Tuve la suerte de encontrar un vuelo temprano por la mañana. Ya no me acosté, estuve preparándome para el viaje y antes de salir me tomé un buen desayuno. Me animaba salir de casa. Necesitaba cambiar de ambiente para no volverme loca.

CAPÍTULO X

Ya en el avión sentí paz.

¡Es tan importante cambiar de ambiente! Quedarse en casa y darle vueltas a la cabeza solo sirve para hundirse más en la desesperación. Me animó pensar que había tomado la decisión correcta. Me instalé en mi habitación de hotel, tenía unas vistas maravillosas al mar y a los barcos del paseo marítimo. ¡Era tan bonito! Qué pena estar sola para disfrutarlo. Salí a dar un paseo y me tomé una copa de vino fresco en una terraza al sol.

Solamente unos días antes estuve allí con Miriam. No podía quitármela de la cabeza. Seguía pensando en ella. Su silencio me estaba destrozando el corazón. Ella dijo que se iba a replantear su vida. Sería que necesitaba más tiempo para decidir antes de llamarme. Me hacía tantas preguntas. No podía contestar a ninguna. Miriam seguía siendo un misterio para mí.

Estuve todo el día fuera del hotel, anduve hasta la ciudad, miré escaparates, comí en una terraza. Había tanta gente y sin embargo me sentía completamente sola, no veía a nadie, era como si estuviera en una nube. Tuve ganas de llamarla varias veces pero me contuve. Al llegar al hotel tomé un baño relajante. Empece a llorar desconsoladamente. No podía parar. Era algo superior a mí. Mi mundo se desmoronaba y sentí cómo me caía en un agujero negro sin final. Me acosté sin pensar ni siquiera en cenar. Y después de tanto llanto me dormí.

Estuve durmiendo hasta el mediodía, tenía que recuperar fuerzas. Me propuse comer bien y sentarme al sol para animarme. Encontré un restaurante muy agradable con una gran terraza. Pedí un aperitivo y después un pescado a la plancha. Disfruté tanto de la comida que pedí también un trozo de tarta de almendra con una bola de helado.

A la hora de pagar miré mi móvil y vi que había recibido un mensaje hacía solo unos minutos y decía así: "Soy una amiga pero prefiero guardar el anonimato. Solo quiero decirte que Miriam está con Alexia. Es mejor que lo sepas. Lo siento por ti. Un beso."

Me quedé atontada, era como recibir una bofetada. Lo leí varias veces. ¡No me lo podía creer! Por eso no me llamaba, era lógico. Alexia quería separarnos y lo había conseguido. No sabía qué hacer, si llamarla o no, si llamar a Sandra o a Andrea. Mi primer impulso era hablar con Miriam pero me retuve. No quería darle esa satisfacción, era ella la que tenía que llamar y darme una explicación.

Mientras paseaba por la ciudad me preguntaba hasta qué punto podía creerme el mensaje anónimo. Esa persona podía ser incluso Alexia. Ella era capaz de lo que fuera para hacerme daño. No entendía realmente lo que le pasaba conmigo. Carlota también estaba en contra de mí y no me lo explicaba. ¿Qué era lo que había ocurrido para que estas dos mujeres me tuvieran tanta manía?

Poco a poco empezaba a sentir rabia. Estaba cansada de ser la "buena" de la película. Tomé la resolución de aprovechar mi descanso en la isla, pasara lo que pasara. Quería disfrutar de mi tiempo. El golpe era demasiado duro, decidí apartarlo de mi mente hasta que no tuviera la certeza de que era verdad. Quería ocuparme de mí misma y no poner en peligro mi estabilidad emocional.

Hice unas compras solo para mí. En algún libro había leído que teníamos que ser inteligentemente egoístas. Nos pasamos la vida preocupándonos de los demás y de lo que puedan pensar y nos olvidamos de nosotros mismos. Estuve demasiado tiempo pendiente de las personas que estaban en mi vida, Nacho y sus hijos y ahora Miriam. ¿Cómo podía olvidarme así de mí misma? Todo estaba relacionado con los demás, no pensaba en satisfacer mis deseos. Lo que pasó con Miriam fue porque ella quería. Con Nacho era lo mismo, era él el que llevaba las riendas. Me estaba dando cuenta de que algo fallaba en mí, me había vuelto demasiado complaciente, y eso no era bueno. ¡Ya era hora de que me rebelara!

CAPÍTULO XI

Hice una llamada al volver a casa. Llamé a Nacho. Le dije que mis sentimientos no habían cambiado. Él estuvo escuchando sin decir nada. Insistí en mudarme yo de casa ya que era mi decisión. Al final nos pusimos de acuerdo y nos despedimos.

Tenía que ser coherente conmigo misma. No podía volver con Nacho después de lo que había pasado. Contacté varias amigas para que me ayudaran a encontrar algún sitio donde vivir. Tuve suerte ya que una de ellas, Sabrina, alquilaba un apartamento en el centro de la ciudad. Era justo lo que necesitaba, algo pequeño y muy coqueto. Sabrina me dijo:

—Valeria, te veo muy delgada y demacrada, ¿qué te ha pasado? Yo te ayudaré con la mudanza y me cuentas.

—Gracias, eres una amiga de verdad, pero no te puedo contar nada por ahora. Solo decirte que me separo de Nacho pero que seguimos siendo amigos.

—Como quieras, pero no olvides que las amigas estamos para todo, no pienses que no me he dado cuenta de que te pasaba algo pero no quise decirte nada por respeto. He esperado a que me pidieras ayuda, pero sé que no es tu estilo. Si necesitas algo estoy contigo porque te aprecio de verdad.

—Yo también te aprecio y lo sabes, pero ahora no puedo comentar nada. Todo es demasiado confuso. Déjame tiempo, cuando me encuentre mejor te lo cuento todo. Por cierto, acepto tu ayuda para la mudanza aunque solo me llevo mis objetos personales.

El cambio fue bastante rápido y me vino muy bien estar ocupada para no pensar en Miriam y Alexia. Sabrina era estupenda, estuvo animándome constantemente. La invité a cenar para agradecerle la ayuda.

Fuimos a un pequeño restaurante cerca de la Puerta del Sol, estaba lleno. Cuando nos sentamos vi a Carlota en una mesa cercana a la nuestra. Estaba con un hombre y no era su marido. Me pareció extraño. Ella estaba muy animada hablando con él y por sus gestos parecía que estaba coqueteando. Mientras cenaba con Sabrina seguía mirando hacia aquella mesa. La vida te puede dar sorpresas. Me parecía increíble que Carlota estuviera con ese hombre cenando a solas. Claro que sus hijos adolescentes podían quedarse solos en casa o pasar la noche en casa de unos amigos. Javier, su marido, estaría de viaje, como siempre. ¡Pero Carlota! ¡La esposa perfecta, la madre perfecta, la perfecta ama de casa! Miriam siempre le ponía un 10 en todo. Para ella era la mujer ideal. Le comenté a Sabrina lo que estaba viendo y le hablé de Carlota. Ella se rió:

—Pero Valeria, ¿qué te piensas? Estas son las peores, ¡las que van de señoras! Hacen creer que todo lo que hacen es lo mejor, y resulta que se lo hacen los demás. La que se ocupa de su casa hace también las cenas pero ella dirá que lo ha hecho con sus manitas, ¡todo mentira! ¿Cómo te has dejado engañar?

—Es que una amiga suya me decía que era fantástica. Me lo creí, no sé por qué. Es además una persona que me ha despreciado desde el principio, y tampoco sé por qué.

—Pues ya sabes por qué: porque se daba cuenta de lo que vales y no le gustaba.

Todas estas se aburren, no trabajan y cuando los niños son grandes se preguntan qué han hecho de su vida. Cogen un amante para sentirse mejor, y siguen así, de fiesta en fiesta. ¿Te gustaría vivir de esa manera?

—No, ¡por supuesto que no! Pero me ha hecho daño su desprecio. No me lo merezco.

—¡Olvídate de ella! No es alguien importante en tu vida. Mira, mira, ahora se levantan ¡y van a pasar por aquí!

Efectivamente Carlota y su acompañante estaban avanzando hacia la salida y nuestra mesa estaba en su camino. Me vio y no pudo disimular, tuvo que parar para saludar, estaba muy nerviosa. Le devolví el saludo con una sonrisa de oreja a oreja. Ella se ruborizó y se marchó muy deprisa. Estaba claro que el encuentro la puso muy incómoda.

Sabrina estuvo pletórica con esa situación. Estuvimos comentándolo toda la noche. No hay nada como una buena ración de cotilleo para olvidar los problemas. ¿Qué pensaría Sabrina si yo le contara lo mío con Miriam? Todo era muy relativo. Sabrina estaba felizmente casada con Alfonso y no había tenido jamás ni un desliz. Se adoraban y daba gusto verles juntos. Pero eso era tener mucha suerte. No todo el mundo podía presumir de haber encontrado su media naranja.

Al llegar a mi nuevo hogar me di cuenta de que había tomado la mejor decisión. No hay nada como sentirse libre. Lo de Carlota me había subido el ánimo también. Me daba cuenta de que estas mujeres no estaban tan felices como nos querían hacer creer a los demás. Tenían todas las comodidades pero les faltaban los valores como seres humanos. Yo sabía que el marido de Carlota, Javier, no se ocupaba de la educación de los hijos. Miriam me comentó que Javier le solía decir a su mujer: "Yo traigo el dinero a casa, lo demás es cosa tuya". Ese comentario fue a raíz del comportamiento inapropiado de su hijo de 15 años: le habían informado de que se escapaba de casa para irse de marcha con los amigos. Carlota no se lo quería creer. Javier no quería saber nada. Por lo que el niño seguía haciendo de las suyas. Es un caso típico de las mal llamadas "familias bien". Los padres no quieren aceptar nada que sea negativo porque sus hijos tienen la obligación de ser perfectos. No hay comunicación entre ellos ya que los hijos saben que no sirve de nada. Entonces mienten, se escapan, disimulan, etc.

¡Esa era la mujer ideal de Miriam! En el fondo me sentía decepcionada con Miriam , pero mi corazón no entraba en razones. La tenía dentro de mí y sentía que iba a ser por mucho tiempo.

CAPÍTULO XII

Había pasado ya una semana y tomé la decisión de llamar a Miriam. ¿Qué podía pasar? Que me mienta o que me diga la verdad.

—¡Valeria! Qué sorpresa, ¿cómo estás?

Esa frase me desestabilizó.

—Bien, gracias. ¿Y tú qué tal? ¿Cómo ha ido con tu marido? ¿Alguna noticia? Tengo ganas de verte y que me cuentes.

—Vas directa al grano, ¿no? —Su voz sonaba seca.

—¿Por qué no? Me gustaría saber qué ha pasado, ¿que le has contado? Es lógico, yo también soy parte implicada, ¿no te parece?

—¡Sí y no! Realmente soy yo la que tiene que tomar las riendas de mi vida.

—Estoy de acuerdo, pero tengo derecho a saber en qué situación estamos nosotras dos. —Era casi una súplica.

—Sí, bueno, te quería llamar, verás··· Necesito desconectar de todo y tomar un tiempo para pensar.

—Vaya, no tienes nada claro, ¿verdad?

—Pues no, ¿tú sí? —me estaba retando.

—Sí, yo lo tengo muy claro. Lo hablamos mientras comemos, ¿qué te parece? —Le di un tono alegre a mi voz.

—¡No! Quiero tomarme mi tiempo, ahora no estoy preparada para hablar contigo. Te llamaré cuando me sienta con ganas.

—¿Estás con Alexia, verdad? —Preferí arriesgarme antes de oír más mentiras.

—¿Por qué me dices esto? —Su voz se tornó seca...

—Recibí un mensaje de una supuesta amiga que me avisaba de que estabas con ella.

Hubo un largo silencio que hubiera preferido no escuchar ya que me decía más que cualquier palabra.

—No estoy con nadie ahora mismo,

ese mensaje será una broma.

—A mí no me suelen hacer bromas de ese tipo, es muy extraño, pero estás en tu derecho de vivir como quieras, desde luego. Lo único es que me gustaría saber a qué atenerme. Yo me he separado de mi marido.

Otro largo silencio... podía imaginar su cara de sorpresa. Lo que ella no tenía el valor de hacer lo había hecho yo.

—Vaya, no lo sabía. Me sabe mal, ¿estás bien?

—Mejor que nunca, estoy muy contenta de haber tomado la decisión.

—Sí que ha sido una decisión rápida, ¿no?

—Es que lo tengo muy claro, ¿sabes?

Yo estaba siendo muy tajante. Ella estaba como dudando.

—Tienes suerte, me encantaría poder hacerlo así —su voz sonaba cansada.

—Es cuestión de saber lo que uno quiere realmente. Yo quería mi libertad.

No le dije que quería estar con ella, estaba casi segura de que no ayudaría en nada a la conversación, al contrario. Ella estaba en un momento de dudas y necesitaba centrarse.

—Yo no he hablado con Juan. Eduardo y José están en casa por vacaciones y no he encontrado el momento. Mis hijos nos necesitan a los dos y no puedo estropearles la vida.

—Los hijos también sienten las cosas, y cuando los padres no están unidos se dan cuenta.

—Una cosa es eso y otra muy distinta es que su madre les cuente que tiene otra orientación sexual, ¿no te parece?

Tenía razón, los hijos son una parte fundamental de la vida de uno, y aunque yo no los tuviera no significaba que no lo pudiera entender. Si Miriam decidiera contar la verdad a sus hijos sería muy valiente por su parte, pero ¿cómo lo tomarían ellos? Estaban en plena adolescencia, con lo que eso supone. No era el momento de trastornarles la vida, aún se estaban formando como personas. Miriam sentía seguramente que sus hijos eran demasiado frágiles para poder llevar con entereza una noticia así.

—Te entiendo y te apoyo, lo único es que me gustaría poder estar contigo.

—Gracias, me halaga que me digas esto, pero no me encuentro en mi mejor momento, lo siento.

Me despedí de ella con tristeza, me sentía vacía. Esto no iba a ninguna parte, me había hecho demasiadas ilusiones. La gente no cambia de vida así como así.

CAPÍTULO XIII

Tenía que volver al trabajo. Eso me iba a ayudar, estaba segura. Tener una ocupación era fundamental para mi salud mental. No entendía que se pudiera estar sin trabajar. Levantarse cada mañana sin tener ninguna obligación no podía ser bueno. Las personas necesitamos tener una actividad, sentirnos útiles, saber que nuestra vida tiene algún sentido.

Para mí era algo más que eso. Necesitaba no tener tiempo para pensar. Estaba muy confusa y frustrada. Se habían acabado los días de tranquilidad. Ahora podía entender esas actrices famosas que, después de una ruptura sonada, y a la pregunta sobre su estado actual, contestaban siempre lo mismo: "Estoy tranquila". No decían estoy soltera o no tengo ningún amor. Decían: "Estoy tranquila". Y yo, desde mi inocencia, pensaba: "¿Es que no están tranquilas cuando están con alguien?" Ahora lo entendía perfectamente.

Cuando estás enamorada no puedes estar tranquila. Tus emociones están a flor de piel, tu cabeza está en otro sitio. Pero, si a eso añades que la persona a la que has entregado tu corazón no está en la misma onda que tú, entonces empieza el "sin vivir". Mi relación con Nacho había sido más de amigos que de pareja. Por eso había sido tan fácil. Los dos sentíamos lo mismo, cariño y respeto mutuo. Pero cuando pensaba en Miriam, casi continuamente, me dolía el corazón. Era un dolor físico incluso, algo difícil de explicar.

Después de la última conversación tenía que haber entendido que ella no quería nada más de mí. Sin embargo no me podía imaginar que pudiera comportarse igual que esos hombres que se acuestan contigo y luego pasan a otra cosa. Preferí pensar que estaba mal y que necesitaba tiempo. Su vida no era como la mía, no era tan simple.

Me metí de lleno en el trabajo. No quedaba con ninguna amiga ni para tomar café. Me aparté de todo el mundo. Me aislé de tal manera que un día me desperté completamente angustiada. Me sentía sola y lo peor era que yo misma había contribuido a que pasara esto. Había rechazado a todo el que quiso quedar conmigo y después de un tiempo estaba recogiendo lo que había sembrado. Las únicas amigas que seguían llamándome eran Sabrina y Moon. Ellas sabían que no me encontraba bien e intentaban animarme. Poco a poco les fui contando cosas pero no podía decirlo todo. Hasta que un día decidí llamar a Sandra.

Sandra me dijo que esperaba mi llamada, que ella no quiso adelantarse por si yo no estaba con ánimo. Me sorprendió ese comentario.

—¿Por qué piensas eso? —le pregunté.

—Por todo lo que ha pasado.

—Sandra, por favor, dime qué está pasando. —De pronto me sentí estúpida.

—Valeria, ¿es que no sabes nada de nada? ¡No puede ser! ¿Dónde has estado los últimos tiempos? Miriam está con Alexia, se dejan ver en todas las fiestas, ya no se esconden de nada.

Mi corazón dio un vuelco. ¡No podía ser, no podía ser verdad!

—Valeria, ¿estás allí? Lo siento, ¿es que de verdad no lo sabías?

—¡No, no lo sabía! ¿Cuánto hace de esto?

—Bueno, que están juntas hace ya tiempo, pero que no lo ocultan, déjame pensar, unas dos semanas.

—Miriam me dijo que necesitaba tiempo para pensar y que estaba sola.

—Bueno, puede ser que estuviera un tiempo indecisa, pero ya se le ha pasado.

—No entiendo nada, a mí siempre me ha dicho que eran buenas amigas...

—A mi entender, siempre hubo algo. Miriam se deja llevar por Alexia en todo, siempre ha sido así. Ella siente admiración.

Yo estaba destrozada.

—¿Entonces por qué se lió conmigo?

—Seguramente para darle celos a Alexia. Y lo consiguió. Pero Alexia fue más lista. Se las ingenió para que muchos creyeran que estaba liada con Juan. De hecho todo el mundo lo pensaba. ¡Pero no! Juan ni se había enterado. Al final, hubo una tremenda discusión entre Miriam y Alexia en una fiesta. Dicen que Miriam estaba furiosa. Sus celos pudieron con ella, soltó todo lo que tenía dentro. Alexia jugó muy bien y ganó. Ella siempre quiso tener a Miriam en exclusiva para ella. ¿Sabes por qué?

—No, no lo sé⋯ —Estaba muy débil, casi no podía hablar.

—Tengo entendido que Miriam tiene un importante patrimonio gracias a su familia. Alexia se mueve donde hay dinero. Y la que lo tiene es Miriam.

—Pero, no puede ser, a Alexia le importa mucho lo que pueda pensar la gente y liarse con una mujer no es lo mas correcto en su mundo de falsedad.

—Sí, pero si se trata de dinero ya nada la para. Por cierto estoy invitada a una fiesta en la que estarán ellas y puedo traer a alguien, ¿quieres venir y lo ves con tus propios ojos?

—Déjame pensarlo, no me encuentro muy bien ahora mismo. Necesito recuperarme.

—Como quieras, pero pienso que tienes derecho a saber la verdad. No me gusta nada cómo te han tratado. Te mereces salir con la cabeza bien alta y que te vean. Me gustaría ver la cara que ponen. Si te decides

ya sabes dónde estoy, la fiesta es este sábado.

      Colgué el teléfono. Estaba como atur-
dida. Sentí la necesidad de tomar un baño.
Quería eliminar de mi cuerpo todo rastro de
ella. Era una sensación muy rara, quería eli-
minarla de mi vida y tenía que empezar por
mi cuerpo. Estuve frotándome con fuerza
hasta que no pude más y me puse a llorar
desconsoladamente. Recuerdo ese momento
con mucha pena, me sentía como un trapo,
un trapo sucio al que han dejado tirado. Después del baño me acosté y entre sollozo y
sollozo me dormí.

CAPÍTULO XIV

El secreto del amor es no expresar emociones negativas sino esperar a que la calma vuelva a su lugar. Quien está alterado percibe pocas cosas con claridad. ¡Calmad el corazón: solo así podréis percibir las cosas como realmente son!

Estas sabias palabras las escribió Swami Kriyananda. Tenía que hacer caso y recomponerme. En el trabajo me olvidaba de todo. Estaba rodeada de gente, tenía que hablar con todos y no tenía ni un segundo para pensar en Miriam. Esto me sentó bien. Tuve que acudir a cenas de negocios varias noches y fue estupendo. Hasta sentía la mirada interesada de alguno de los empresarios con los que trabajábamos. Sabía perfectamente que podía empezar una relación cuando quisiera, estaba "disponible" y había cierto interés.

El viernes decidí aceptar la invitación de Sandra, ella se puso loca de contenta. Parecía que la historia iba con ella. Se lo dije y me comentó que tenía una razón importante para alegrarse y que me la contaría después. Me sentí intrigada.

Llegó el sábado. Me dediqué a escoger con esmero el vestido para la fiesta. Sandra me comentó que había que vestir de blanco y negro. Me parecía bien, menos mal que no era de estas fiestas en las que tienes que ir de los años 70. No tenía ánimos para disfrazarme. Me decidí por un vestido con un escote en uve muy pronunciado. La parte de arriba era blanca y la de abajo negra. El vestido llevaba un cinturón ancho incorporado. Me gustaba mucho porque me hacía sentir guapa y sexy. Era justo lo que necesitaba para encontrarme con Miriam y Alexia. Elegí unas sandalias negras con tacón fino y un pequeño bolso de fiesta con perlas blancas sobre fondo negro.

Estaba lista antes de tiempo y me hice una infusión de tila para calmarme un poco. A medida que se acercaba el momento me sentía más y más nerviosa. Llegué a la fiesta con Sandra y nada más entrar por la puerta tuve ganas de marcharme. Se lo dije a Sandra.

—No, Valeria, tú estás como en tu casa, vienes conmigo, y puedes tener la cabeza bien alta que no has hecho nada malo.

—Ya lo sé, ¿pero merece la pena hacer esto? ¿Para qué? ¿Qué voy a conseguir?

—Pues de entrada vas a saber la verdad. Si Miriam no ha tenido lo que hay que tener para decirte que está con Alexia, tú estás en tu derecho de averiguarlo y quedarte tranquila.

—¡Mira, están allí! En la terraza...

—Vamos, ven conmigo, las saludamos.

Nos acercamos a ellas. A Miriam se le cambió la cara al verme.

—Hola, Miriam, hola, Alexia. ¡Cuánto tiempo!

—Hola, Valeria, no sabía que venías; hola, Sandra.

Alexia y Sandra también se saludaron y Miriam seguía como asombrada.

—Me sorprende verte aquí, Valeria, ¿es que conoces a Ana, la dueña de la casa? —preguntó Alexia.

Sandra le contestó secamente:

—Claro que la conoce y además viene conmigo.

—Estoy muy contenta de estar aquí, me han dicho que va ser muy revelador. Por cierto, Miriam, estuve esperando una llamada tuya, como me dijiste —dije. Intentaba provocar una reacción.

—Sí, lo siento, he estado bastante ocupada, pensaba llamarte.

—Bueno, creo que ya no importa. Por fin lo tienes claro, según tengo entendido, ¿no?

—Valeria, no es el momento de hablar de esto —interrumpió Alexia.

Sandra se interpuso:

—Para ti nunca es el momento, ¿verdad, Alexia? ¿Te acuerdas de Alberto? Nos íbamos a casar e hiciste lo imposible para acostarte con él y destrozarme la vida. Cuando os pedí explicaciones, con todo mi derecho, me dijiste la misma frase: "No es el momento" —Sandra se burló imitando la voz de Alexia.

—Vaya, Alexia, tienes muchas historias que contar. Pero si no te importa, le estaba hablando a Miriam. Ella sabe hablar por sí misma. Cuando estuvo ligando conmigo no te necesitaba para nada. —Me quedé tan ancha después de decir esto.

—Valeria, no tengo ganas de hablar ahora, ya te he dicho que te llamaría. No hace falta que montes un escándalo.

—¿A esto lo llamas escándalo? Estás muy equivocada, esto no es nada comparado con lo que podría decirte. Pero soy una persona muy educada y no pienso ponerme a la altura de tus íntimas. Solamente te he preguntado si ya lo tienes claro, nada más. Pasaré por alto que me has plantado sin decirme una palabra, como a un trapo viejo. Hay que tener un poco de elegancia y decir las cosas cuando hay que decirlas.

—Pues sí, lo tengo claro. Estoy con Alexia ahora.

—¡Por fin, un poco de sinceridad! Ahora ya estoy mejor, no sabes lo importante que es tener la información necesaria para poder pasar página. Te agradezco que me lo digas aunque ha sido un poco forzado. Y no te preocupes, yo no voy a armar ningún escándalo, no es mi estilo, pensaba que me conocías. Por cierto, deseo que seas muy feliz.

—Gracias, Valeria, te deseo lo mejor también. Hasta luego.

Miriam se alejó con Alexia, y yo me quedé con Sandra que estaba aún atacada.

—¿Cómo puedes hablarle así, tan amable?

—Ya sé que es difícil de entender, pero la quiero de verdad, no puedo cambiar mis sentimientos de la noche a la mañana.

—Has sido una señora con todas sus letras. Vaya ejemplo que les has dado a las dos.

—Justamente, no es con Alexia que tengo que hablar. A ella sí que la hubiera puesto de vuelta y media. Aunque, ¿sabes qué pasa? No merece la pena, porque una mujer como Alexia no entiende nada de nada. Ella va a lo suyo y se acabó. ¿Perder el tiempo hablando con ella? No, gracias.

—¡Eres increíble! Me alegro de que hayas venido y me ha encantado presenciar esta conversación. Estoy de tu lado, ya lo sabes.

—Gracias, de verdad agradezco tu apoyo porque esto no es fácil para mí. ¿Sabes que me he separado de mi marido?

—No lo sabía, ¿pero por qué?, ¿por Miriam?

—Sí, estoy completamente enamorada de ella y no tenía sentido vivir con Nacho. Aunque nosotros teníamos una relación más bien de amigos, preferí darle su libertad y recobrar la mía.

—Eres muy valiente. Qué pena que Miriam no se dé cuenta. Se ha dejado llevar por Alexia todos estos años, y no lo entiendo. Alexia es una puta, siempre ha ido a por los novios o maridos de las amigas. Conozco varias historias como la mía. Ahora sabes por qué estaba tan contenta de que vinieras. A mí, Alexia me destrozó la vida, nunca más he podido confiar en un hombre. Por eso sigo soltera.

—Es una verdadera pena. Pero Alberto, tu novio, ¿no intentó volver contigo?

—Claro que sí, Alexia se cansó de él rápidamente, ella juega a quitártelo y cuando lo consigue ya no le interesa. Esto pasó hace unos diez años. Seguramente Miriam no sabe la historia, ellas se conocieron hace unos nueve años más o menos. Alexia no cuenta sus historias de cama, pero te aseguro que hay muchas. Su marido la dejó por eso.

—Pobre Miriam, seguramente le pasará lo mismo.

—Ahora no sé, Alexia ya tiene sus años, a lo mejor se ha cansado. Aunque tendría que tener mucho cuidado. Ya sabes lo celosa que se pone Miriam. Si Miriam quisiera volver contigo, ¿qué harías?

—¡Qué difícil! No sé qué decirte...

—Yo no quise volver con Alberto, me sentí demasiado traicionada, no hubiera podido perdonarle, nos íbamos a casar, ¿te das cuenta?

Estábamos aún en la terraza, casi todo el mundo comía o bebía. Nosotras estábamos tan metidas en la conversación que no participábamos de la fiesta. Sandra me dijo:

—Ven, te voy a presentar a Ana, te va a gustar.

Ana estaba dándole instrucciones a un camarero cuando nos vio llegar. Saludó a Sandra con cariño.

—Hola, preciosa, qué bien que hayas podido venir por fin.

—Hola, Ana, me encanta estar aquí, te presento a una buena amiga, Valeria.

Ana me miró con curiosidad:

—Ah, eres tú, Valeria, por fin te conozco. He oído hablar de ti.

—Encantada, no sabía que se hablaba de mí, espero que nada demasiado malo. —Le puse un tono de humor a mi comentario.

—¡No, qué va, malo, no! Solamente que eras amiga de Miriam, ¿no?

Ana era una mujer muy segura de sí misma, se veía en su manera de hablar, de moverse, de vestir. Era un poco masculina, pelo muy corto, pantalones, top y chaleco, casi sin maquillar. Vi un brillo especial en su mirada. Algo que conocía bien gracias a Miriam.

—Sí, estábamos juntas.

Para qué disimular ya que parecía algo tan notorio. A ella le gustó mi franqueza.

—Bueno, las amigas de mis amigas son bienvenidas siempre. ¿Queréis tomar algo? Veo que no tenéis ninguna copa en la mano y esto no puede ser.

Ana nos sirvió personalmente unas copas de cava. Hablamos de su casa, que era magnífica, Ana me propuso enseñármela, pero nos interrumpieron otros invitados y nos quedamos charlando todos juntos.

Conseguí escabullirme para ir al baño. Tenía ganas de encontrarme a solas conmigo misma. Tenía mucha tensión acumulada. La conversación con Miriam me había dejado sin fuerzas. Guardé la compostura en ese momento, pero en realidad me temblaban las piernas y tenía unas ganas locas de llorar. Mientras me refrescaba Miriam entró en el baño. Me había seguido.

—Valeria, quiero hablar contigo.

—¿Ahora? ¿En el baño? Me hubiera gustado más delante de una buena comida, o en casa. No tenías necesidad de esconderte de mí. Te pedí una cita para hablar, ¿recuerdas?

—Claro que sí y tienes toda la razón. Pero las cosas no siempre salen como queremos. Tenía miedo de tu reacción.

—¿Y ahora, no tienes miedo?

—No, he visto que eres muy noble y comprensiva, eso me gusta.

—Gracias. Yo no soy nadie para decirte lo que tienes que hacer, lo único es que me hubiera gustado más claridad de tu parte.

—Lo siento, sé que no he actuado correctamente. Espero que puedas perdonarme. Yo también estaba a gusto contigo. Pero con Alexia siento algo especial, ¿lo entiendes?

—¡Claro que sí! Lo entiendo, solo tenías que decírmelo. Yo sé lo que es eso. Por cierto, ¿tu marido?

—Hemos aclarado las cosas, él tiene una aventura fuera del país. Se ven cuando está de viaje. Nunca estuvo con Alexia. No sé de dónde salió ese rumor.

—Salió de Alexia, te quería poner celosa.

—¿Tú como lo sabes?

—Me he informado, y lo sé de buena tinta. Ha funcionado, ¿no? Lo importante es que estás con la mujer que quieres y que siempre has querido, ¿no?

—Estuve muy bien contigo, pero no hubiera funcionado. Tú querías más.

—No, te equivocas. Pero bueno, ahora no importa lo que quiera yo. Tú sigue tu camino y yo seguiré el mío.

—Te he visto muy a gusto con Sandra.

—Sandra es maravillosa. Pero también me encanta Ana.

Ahora que conocía sus puntos flacos podía jugar un poquito. Miriam se puso seria, se notaba que le había molestado.

—No te aconsejo acercarte mucho a Ana, a ella le gusta jugar, te seduce y te deja rápidamente.

—Vaya, me recuerda a alguien. Es mi historia contigo...

—No, yo te quise a mi manera.

—Claro, seguro que Ana también quiere a su manera. —Sonó sarcástico.

—Yo solo te aviso para que no lo tengas que lamentar.

—Gracias, pero debiste avisarme contra ti, tú sí que me has hecho daño. Y, quién sabe, a lo mejor quiero divertirme un poco yo también. Ana me conviene en este momento.

—Seguro que no hablas en serio.

—Muy en serio, espera y verás. Adios, Miriam.

Miriam se quedó con la boca abierta. Me fui rápidamente, ya no tenía ganas de aguantar sus celos. Sandra se había perdido esta conversación. Tenía que contársela, pero primero quería averiguar algo. Busqué a Ana. Estaba hablando con una pareja, me acerqué. Ella en seguida me cogió del brazo.

—Valeria, te buscaba. ¿Me perdonáis?, tengo que enseñarle algo a mi amiga —se disculpó.

—¿Me enseñas tu casa?

—Sí, ven.

Me llevó escaleras arriba, directamente a las habitaciones.

—Tenía ganas de escaparme, estoy agotada. Estas fiestas me cansan cada vez más. Vamos a mi habitación, si no te importa, y aprovecho para refrescarme.

—Si quieres te dejo sola, por mí no te preocupes.

—No, quiero conocerte mejor.

Entramos en una habitación maravillosamente decorada, muy coqueta. No tenía nada que ver con el estilo de Ana, tan masculino. Una cama alta, grande, muchos cojines, espectacular.

—¡Cómo me gusta tu habitación! Es realmente preciosa.

—Tú sí que estás preciosa, Valeria! —dijo Ana con entusiasmo—. Me has gustado nada más verte, te buscaba... Su tono de voz se hizo más suave y su mirada más profunda.

—Ana, verás... quería pedirte un favor.

—Me puedes pedir lo que quieras, lo que tú quieras... —Se acercaba peligrosamente a mí— Sentémonos...

Me senté en borde de la cama. Estaba muy nerviosa, no sabía qué reacción iba tener Ana al oír lo que le iba a decir.

—Estuve con Miriam. Pero... no sé si sabes que me ha dejado por Alexia... Te va parecer atrevido de mi parte, sin conocernos ni nada, pero te pido que me ayudes a darle celos a Miriam —Ya está. ¡Lo había soltado!

—¡Guau! ¡Tú sí que vas fuerte! Cuánto aplomo.

Ana estaba muy sorprendida.

—Lo siento si te ha molestado, pero es que me han hecho tanto daño que hacer esto sería solo un juego, un poco de celos para que se den cuenta de lo que duele...

—¿Tú crees que sería efectivo? Te lo digo porque sé un poco cómo va eso, si ha elegido a Alexia será porque la quiere. Y entonces no le va importar lo que tú hagas...

—Ya, pero acabo de tener una conversación privada con ella y parece muy interesada en lo que hago y con quién. Miriam estaba muy encaprichada conmigo. Me ha dicho que tenga cuidado contigo, dice que seduces y cuando ya no te interesa, lo dejas...

—¡Pero bueno! ¿Eso te ha dicho de mí? —Ana se puso furiosa. —¡Qué cara dura tiene! Yo la conozco muy bien y a Alexia también, pero no quiero hablar. Que cada uno viva su vida. ¡Pero sí! Te voy a ayudar, va a ser muy divertido.

—No sé cómo hacerlo, pero lo importante es que piensen que estamos juntas... ¿Estás con alguien ahora?"

—¡Sí, estoy contigo! ¡Qué bien lo vamos a pasar!, déjalo en mis manos, tú solo tienes que seguirme el rollo. Aunque... ¿qué gano yo con eso?

—Gracias, Ana... me he sentido en seguida cómoda contigo, me gusta tu estilo, me caes bien, pero es que no me gustan las mujeres. Con Miriam me pasó algo muy extraño... Me enamoré hasta las trancas.

—¡Qué suerte tiene Miriam! Pero bueno, vamos a reírnos un poco, antes vamos a practicar el beso.

Y acto seguido me besó.

Fue tan de sorpresa que no tuve tiempo de reaccionar. Era muy diferente a los besos con Miriam. No sentí nada especial, solo mucha suavidad.

—¡Ya estás lista para ser mi amante! Vamos abajo, ¡se van a quedar de piedra!

CAPÍTULO XV

¡Fue increíble! Al bajar las escaleras ya nos miraban algunos amigos de Ana con una sonrisa en los labios. Ana me cogió de la mano y me llevó hacia la mesa de las bebidas. Pidió dos copas de cava al camarero, me agarró de la cintura y me habló al oído: "Tú sonríe, sobre todo tranquila, déjate llevar". El efecto fue automático, todos nos miraban, algunos sorprendidos, otros sonrientes... y por fin pude ver a Miriam con Alexia, se acercaban a nosotras, no sabía si nos habían visto o si iban a por bebida. Elegí ese momento para darle un beso a Ana. Fue espontáneo, tanto que hasta Ana se quedó de piedra. Después del beso me sonrió y dijo:

—¡Eres fantástica!

Esas palabras me subieron el ánimo y, en el momento del encuentro con Alexia y

Miriam, estaba radiante. Miriam cambió totalmente la expresión de su cara al vernos. Alexia sonreía. Ana también.

—¡Hola, chicas! —espetó Ana— ¿Lo estáis pasando bien?

—Sí, gracias... Pero qué sorpresa, yo pensaba que no conocías a Valeria —dijo Alexia. Miriam estaba callada y muy seria.

—¡Sí que nos conocemos! Y además nos une algo muy bonito, ¿verdad cariño? —se dirigió a mí con ternura, me cogió de la cintura y me acercó a ella.

—Ana es maravillosa, tengo mucha suerte de tenerla. —Mi voz sonaba suave. Por dentro estaba hecha un flan.

—Nos alegramos por vosotras, ¿verdad, Miriam? —dijo Alexia.

Miriam estaba furiosa. Yo la conocía muy bien y su cara me lo decía todo.

—Sí, claro que sí. Por cierto, nos tenemos que ir ya, Ana, gracias por una fiesta tan bonita y reveladora. Ya nos veremos, seguramente.

Miriam se acercó a Ana para darle un par de besos, a mí me saludó con un simple "adiós". A Alexia le pilló de sorpresa y ya no tenía ni idea de cómo comportarse, aun así se despidió de nosotras con los besos de rigor. Miriam ya estaba lejos cuando Alexia terminó de saludarnos. Fue patético por su parte, no tuvo control sobre sus celos. Todos los presentes se dieron cuenta de su enfado. Claro que era difícil entenderlo, ella había elegido a Alexia y tendría que estar feliz y no preocuparse de con quién estaba yo.

—¡Ha sido estupendo, Valeria! Nos ha salido muy natural todo. ¿Tú qué tal? ¿Cómo te has sentido? "

—Gracias Ana, te debo una. Me he sentido poderosa, pletórica, realmente era lo que me hacía falta para subir mi autoestima.

—Eres una mujer muy atractiva, Miriam no ha sabido darse cuenta de lo que tenía. Si quieres mantenemos esa farsa un tiempo para que no haya dudas.

—Sí, tienes razón. ¿De verdad que no te importa?

—Claro que no, para mí también es positivo. No sé si lo sabes, pero soy escritora además de mi trabajo como decoradora de interiores. Esta historia me gusta, podría ser un buen argumento para un libro que estoy proyectando escribir. Pensaba en una historia de amigas que no se habían visto en mucho tiempo y que al reencontrarse aprenden a conocerse mutuamente.

—¡Esto es increíble! Es justamente lo que pasó, conocí a Miriam en el cumpleaños de una antigua amiga del colegio. Aunque luego seguí viéndola por mi cuenta.

—La vida te da sorpresas a veces, ¿verdad? Pero dime, estarías dispuesta a contarme lo que te ha pasado con Miriam, ya que no te gustan las mujeres, suena un poco extraño que te liaras con ella. Es por el libro. ¿Qué te parece?

No podía negarme ya que Ana se había prestado a un juego que pocas personas hubieran aceptado. Quedamos para hablar en su casa y salir a cenar en sitios de moda para dejarnos ver. Yo estaba realmente muy agradecida pero también tenía curiosidad por esa mujer. Ana era muy distinta de lo que parecía en un principio y yo también tenía ganas de saber algo más sobre ella.

Esa noche me divertí muchísimo en la fiesta, me sentía como liberada, por fin, después de mucho tiempo. Hablé con mucha gente, bailé y disfruté de la comida. Sandra y Ana estuvieron conmigo casi toda la noche. Sandra estuvo encantada de lo que pasó con

Miriam y Alexia. No se lo podía creer, me decía: "¡Me he perdido lo mejor de la noche!" Nos reímos muchísimo. Cuando llegué a casa me tomé un buen baño para relajarme. Esa fue la primera noche que pasé tranquila, después de meses. Por fin me sentía liberada aunque dentro de mí sabía que no estaba curada del todo.

CAPÍTULO XVI

Qué extraño⋯ El amor que sentía por Miriam se había convertido en una enfermedad que tenía que curar. Era lógico pensar así ya que el dolor había sido intenso. Tuve la gran suerte de encontrar un apoyo incondicional en mis amigas, pero también en Ana.

¿Qué podría decir de Ana? Es una mujer maravillosa. A veces pienso que gracias a lo que me pasó con Miriam tuve la suerte de conocer a Ana. Son estos regalos que te da la vida y que hay que agradecer. El sufrimiento te hace más sensible y aceptas con gratitud los gestos de cariño de los demás. Realmente nos necesitamos unos a otros, no es plan esconderse ni apartarse, ya que el hecho de comunicar y contar nuestras penas es lo que puede hacer que la curación sea más rápida.

Ana fue un bálsamo para mi corazón. Estuvimos tan juntas que nos hicimos inseparables. Nos entendíamos a la perfección. Le conté mi historia con Miriam. Ella me escuchaba muy atentamente y también me preguntaba. Quería llegar al fondo de mi alma. Fue comprensiva y muy tierna conmigo. Pero siempre terminaba preguntándome lo mismo:

—¿Estás segura de que no te puede gustar otra mujer? Me parece extraño que disfrutaras del sexo con Miriam y que te cierres a otras mujeres.

—Ya sé que suena raro, pero es lo que siento.

—Pienso que tendrías que probar, a lo mejor te llevas una sorpresa. Me ofrezco voluntaria, ya lo sabes.

Nos reíamos como niñas. Aunque parecía una mujer muy segura de sí misma tenía algunos puntos débiles que la hacían vulnerable. Me contó algunas experiencias de su propia vida y era muy interesante. En seguida pude comprobar que Ana era una persona que había sufrido mucho. Ese mundo de frivolidad en el que se encontraba no se correspondía con ella en realidad. Ana se había refugiado en las fiestas para olvidar su drama personal.

Había nacido en el seno de una familia rica y con un nivel social alto. A pesar de eso tuvo la valentía de hablar de su homosexualidad desde la adolescencia. Su madre no supo entenderla en absoluto. Su padre, sin embargo, la ayudó desde el primer momento. Gracias a él pudo vivir su vida con normalidad. Tuvo la oportunidad de estudiar Historia del Arte en la universidad. Fueron años maravillosos y, como ella misma dice, los últimos en los que fue realmente feliz.

Conoció a Isabel a los 25 años, justo cuando decidió ser independiente. Se había mudado a Madrid y vivía en un bonito apartamento en pleno centro de la cuidad. Su padre pagaba todos los gastos hasta que encontrara un trabajo. Isabel tenía 21 años y estudiaba Filología inglesa. Su familia la ayudaba pero no lo tenía tan fácil. Se conocieron en una fiesta de amigos. Pasaron la noche hablando. Ana se sintió como en una nube. Se veían a menudo, aprovechaban cualquier ocasión para quedar.

Isabel compartía un piso con dos chicas que le hacían la vida imposible. Seguramente las típicas envidias entre mujeres ya que Isabel era alta y delgada además de guapa. Ana le propuso mudarse a su apartamento. Isabel aceptó sin titubear y así fue como empezaron a vivir juntas. Para Ana era fantástico. Ella se había enamorado de Isabel y estaba feliz de tenerla cerca.

Una noche, estando las dos en el sofá viendo una película romántica, ocurrió lo que Ana deseaba tanto: se besaron, primero con reparo, y después con pasión. Hicieron el amor esa misma noche. Isabel le confesó que se sintió atraída desde el primer momento. Ana le dijo que la amaba. Así fue como empezaron su relación.

Los problemas no tardaron en llegar. Ana sentía muchos celos y por eso tenían continuas discusiones. Una noche, estando las dos en una discoteca con amigos, discutieron por lo de siempre: celos. Isabel quería que se fueran a casa a hablar, pero Ana no quiso. Isabel se fue llorando, cogió un taxi. Ana no tardó en marcharse porque se sentía mal, sabía que se había pasado. Mientras conducía por la carretera camino a su apartamento vio muchos coches de policia y una ambulancia, pero no se imaginaba lo que estaba sucediendo.

Al llegar a casa la encontró vacía. Isabel no estaba. Ana pensó que se había ido a dormir a casa de alguna amiga por culpa del enfado. Se mosqueó aún más y no quiso llamarla para averiguar dónde estaba. Se acostó, pero a las dos horas sonó el teléfono: le informaban de que Isabel había sufrido un accidente y que había muerto.

Ana no recuerda ni quién llamó ni lo que le decían exactamente. Lo único que sintió fue que su mundo se deshacía en mil pedazos. No recuerda los días posteriores a la muerte de Isabel. Borró todo de su mente. Solo se quedó en el recuerdo el profundo dolor y el gran sentimiento de culpa por dejar que Isabel se marchara sola. En aquellos momentos su vida ya no tenía sentido. Tuvo el apoyo de su familia y de los amigos, pero nunca más volvió a ser como antes. Sintió rabia, dolor, impotencia, tristeza... todos estos sentimientos afloraban continuamente y no la dejaban vivir tranquila.

Ana me decía continuamente que la vida era un bien precioso y que teníamos que cuidarnos de las personas tóxicas que no nos dejaban vivir.

—¿Te refieres a Miriam? —le preguntaba.

—No solo a Miriam, también a Alexia, Carlota, etc. Ese tipo de personas no te pueden aportar nada bueno. Tu vida vale mucho, tienes que valorarla y no perder el tiempo con gente así.

—Ya lo sé, pero lo de Miriam ha sido muy intenso y no es tan fácil olvidar.

—Por supuesto que no, ¿pero te das cuenta que ella no te ha aportado nada? No ha sido tu amiga, no ha sido leal, no te ha respetado, no ha pensado en ti... En definitiva, no te ha querido como te mereces.

—Eso es justamente lo que me duele... Me cuesta mucho aceptarlo. Pero, lo que no entiendo es lo de los celos. ¿Por qué tiene tantos celos? Ahora no debería importarle lo que haga o deje de hacer.

—Bueno, yo pienso que ella quería tenerte en un rincón esperando por si a ella le venía bien volver contigo. ¿No te das cuenta de que todas estas no están realmente satisfechas de sus vidas y tienen envidia de las demás? Tiene que ser como un nido de víboras.

—¡Eso seguro!

Siempre terminábamos diciendo lo mismo. Ana me entendía y me apoyaba. Con ella me sentía como en familia. Estuvimos de fiesta en fiesta para dejarnos ver, y lo pasamos genial. Tuvimos ocasión de cruzarnos con amigas de Miriam y Alexia, pero no con ellas. Todos hablaban de nosotras, de lo bien que nos iba, de la bonita pareja que hacíamos. Ana estaba radiante. Le gustaba vivir esta experiencia para poderla escribir. Ya tenía muchos elementos para empezar su libro.

Un día recibí una llamada de Miriam. Quería quedar conmigo para comer o cenar. No pude resistir la tentación de verla. La echaba de menos, a pesar de todo. Ana me dijo que no era buena idea pero que lo entendía.

Quedamos para cenar. Ana me ayudó a elegir la ropa, el peinado, el maquillaje...Yo estaba tan nerviosa como en una primera cita. ¡No podía ser! ¡Tenía que tranquilizarme! Ana comentó:

—Tienes que ser natural, tú misma, como siempre. No te dejes manipular. Ahora ya sabes cómo es ella. Acuérdate cuando pasó de ti para liarse con Alexia, ni te llamó para darte una explicación.

—Sí, pero seguro que Alexia ha tenido mucho que ver en eso.

—Valeria, por favor... ¡que no te haga más daño!

Fui a la cita con el estómago encogido.

Llevaba un vestido muy sexy, negro. El pelo recogido en una trenza floja, que parecía despeinado. No quería que pensara que me había esmerado tanto para el atuendo. La esperé en la barra del restaurante.

Miriam llegó vestida como siempre, pantalón vaquero y camisa. Pero se la veía un poco demacrada. Parecía que había pasado por un trauma o algún problema de salud.

Habíamos elegido un restaurante del centro de la cuidad. Era muy acogedor. Nos sentamos en un rincón un poco apartado para poder charlar con tranquilidad. Miriam me miraba como con miedo. Aunque no sabría definir muy bien esa mirada.

—¡Estás preciosa! —me dijo nada más sentarnos.

—Gracias, tú estás como siempre... parece que no ha pasado el tiempo.

—En eso te equivocas, para mí han sido meses muy, muy largos. Y además se me nota.

—Bueno, nada que no se pueda arreglar con un poco de descanso. ¿Es que has tenido mucho lío?

—He tenido de todo un poco... pero vamos a pedir primero y luego charlamos.

¿Que te apetece cenar?

Pedimos las dos lo mismo, lubina sobre cama de espinacas y crema de curry. Yo necesitaba algo ligero para poder tragar ya que mi estómago seguía encogido. El efecto que me producía esta mujer no era normal. Intenté relajarme. Lo conseguí poco a poco mientras ella me contaba sus últimas vivencias al lado de Alexia.

Según ella Alexia era egoísta, caprichosa y rabiosa. Todo lo que yo ya sabía. Alexia también jugaba a ponerla celosa. Tenían grandes broncas continuamente. Miriam estaba agotada. Pero lo peor era su comportamiento en la intimidad. Alexia no tenía nunca ganas de hacer el amor. Miriam lo vivía muy mal. Pensaba que Alexia no la deseaba.

—¿Sabes lo que es cuando te rechazan?

—¡Claro que lo sé! —le contesté con aplomo—. Lo que me hiciste tú liándote con Alexia.

—Lo siento tanto, Valeria. No te imaginas hasta qué punto echo de menos lo nuestro. —Su voz se quebró— Sé que me comporté como una estúpida, pero es que

Alexia me manipuló totalmente. Ahora me doy cuenta··· no sabes lo que he sufrido con ella. Ha sido una tortura.

—¿No has pensado que lo único que quería era que me dejaras? —le solté.

—Pues, ahora que lo dices, podría ser. Ella tenía muchos celos de lo nuestro. Pero yo pensé que me quería, que quería estar conmigo... No sé... Estoy muy confusa.

—¡Miriam, por favor! ¡Alexia no ha querido a nadie en su puta vida! ¿De qué te sorprendes? Daniel te avisó en contra de ella, pero no hiciste ni caso. ¡Fuiste detrás de ella como un perro en celo! ¿No te das cuenta? ¡Ella busca dinero, nivel social y nada más! Estar a tu lado le proporcionaba todo esto.

—Estás siendo muy dura conmigo, Valeria. Necesitaba hablar contigo para recuperar tu apoyo, pero no puedo aceptar que me insultes.

Estaba hecha una furia. Le temblaba la voz.

—Lo siento, me he pasado un poco, lo reconozco. Pero el fondo es el mismo. Tú me hablas de Alexia y eso me pone a cien, ¿no lo entiendes?

—Esto no va a ninguna parte. Tú estás muy bien con Ana y no te interesa lo que me pueda pasar.

Sentí que me estaba intentando manipular. Sabía que llegaríamos a este punto de la conversación. Ella se moría por saber algo de mi relación con Ana.

—Ana me ha ayudado mucho a aumentar mi autoestima. Ella me adora y eso es lo que yo necesito ahora mismo.

—No he dejado de pensar en ti··· Me acuerdo de nuestro encuentros, todo era muy bonito. —Su voz se había suavizado.

—Sí, fue muy bonito mientras duró... —Yo no sabía qué decir.

—No sé qué hacer, Alexia puede conmigo. Tengo que romper, no puedo más. Ella no sabe que estoy aquí contigo. Se pondría furiosa.

—¿Y qué más te da? ¿No acabas de decir que no puedes más? Conmigo rompiste sin mirar atrás, ¿por qué no haces lo mismo con ella?

—Es complicado... ella está muy bien con mi familia, se lleva estupendamente con mis amigas. Está totalmente adaptada a mi vida.

Me puse a reír. Era una risa nerviosa.

—¿Entonces vas a aguantar con ella porque se lleva bien con los demás? Esto es de risa, perdona, no me quiero burlar de ti, pero no me esperaba esto. Alexia ha sido muy lista, ¡sí, señor! Ha conseguido meterse en tu vida hasta el fondo. ¡Eso es lo que quería!

—Mis padres la adoran...

—¡Pues, no se hable más! Tú eliges tu vida... O más bien Alexia ya ha elegido por ti.

—Valeria, no me entiendes, es muy duro lo que estoy viviendo. No puedo hablar con nadie sobre este tema. Todo el mundo habla bien de Alexia, no te imaginas. Si la dejo la apoyarán a ella.

—¿Y por qué te importan tanto los demás? Si no estás feliz, déjala. Los que no te apoyen no son tus amigos. Así podrás hacer limpieza en tu agenda, no viene mal de vez en cuando. ¿Y con Carlota no has hablado?

—¡Uff, Carlota! Ella ya tiene bastante lío con lo suyo, además Alexia es su ídolo. ¿No lo sabías?

—Sí, es verdad... ¿Y qué le pasa a Carlota?

—¿Es que no te has enterado? Su marido la ha dejado por otra. Ella está desesperada.

—Bueno, tan desesperada no estará, ella también tenía un amante.

—¿Carlota? ¿Un amante? ¡Qué va! Imposible.

—Yo la vi con mis propios ojos. Pregunta a Andrea. Estaba con él en un restaurante en actitud más que cariñosa. No lo dudes. Se puso mala cuando nos vio.

—¡No me lo puedo creer! Si parecía la mujer perfecta. Siempre con su marido, sus niños, sus fiestas... La anfitriona perfecta.

—¡Sí! ¡Y la más falsa de todas! Es extraño que tus amigas te tengan tan engañada. ¿Por qué siempre piensas que son perfectas?

—Es lo que me enseñan... Ya no sé qué pensar...

Habíamos terminado de comer. Miriam me daba pena. Ahora la veía más débil. Algo había cambiado en mí. Lo que me atrajo de ella era su fuerza, y de pronto era diferente. Ya no parecía la Miriam que conocí. Me propuso tomar algo en un sitio muy chic. Acepté pero me sentía de pronto muy cansada. Para mí estaba más que claro que Miriam estaba ligada a Alexia de una manera u otra y que yo no hacía parte de esta historia.

El sitio era precioso, muy romántico. Estaba lleno y tuvimos que pedir al camarero que nos encontrara mesa. Dio la casualidad de que nos llevaron al sitio más apartado y un poco escondido. Nos sentamos y pedimos bebidas. Miriam me miraba con insistencia.

—Estás realmente preciosa, Valeria.

—Gracias···

Yo no sabía qué decir, me sentía de pronto como al principio, muy tímida y recatada.

Me sabe mal haberte hablado de Alexia todo el rato, ella ya no significa nada para mí. Solo tengo que encontrar el momento para dejarla... y para eso te necesito.

—¿Me necesitas? ¿Para qué, exactamente? —le pregunté sorprendida.

—Bueno...Necesito saber que estás conmigo, eso me daría fuerzas.

—¿Me estás pidiendo volver?

—Uff... Eso sí que me gustaría, pero comprendo que tú no estés dispuesta, solo necesito tener tu apoyo y saber que puedo contar contigo, llamarte...

Me miraba como en nuestros mejores tiempos y eso me desestabilizaba...

—Claro que puedes contar conmigo, especialmente si dejas a Alexia, eso sería lo mejor que puedas hacer. Esta mujer solo quiere tu vida, no te quiere a ti.

—Lo sé...es complicado, te necesito...

Me cogió la mano y en seguida me puse tensa.

—No es buen momento para esto, Miriam, mientras estés con Alexia no quiero tener nada contigo. No podría, lo nuestro ha sido muy doloroso para mí.

—Lo siento, pero tienes que comprenderme, ella fue más fuerte que yo... Me convencía, me manipulaba. —Su voz se quebró.

—Lo sé, ella es así. Pero yo pensaba que sentías algo por mí, y lo que pasa es que estabas enamorada de ella. No te culpo, pero debiste hablar conmigo, me sentí rechazada, primero Carlota y Alexia y después tú... Fue duro.

—Siempre me sentí atraída por ti, era algo muy fuerte, disfruté de todo contigo. Te tenía un cariño especial, y a veces me daba miedo. Lo nuestro era como entrar en algo desconocido, por eso me eché para atrás.

Con Alexia era más fácil, la conocía, sabía que no iba a contar nada de nuestra relación. Contigo me sentí insegura, pensé que tú querías más. De hecho dejaste a tu marido. Eres muy valiente. Te admiro. —Me miró directamente a los ojos.

—Nunca hubiera dicho nada de lo nuestro, de hecho fue Alexia la que lo contó. Ya ves, siempre volvemos a ella. Me da rabia.

—Bueno, ¡pues a partir de ahora está formalmente prohibido hablar de ella!

Nos reímos con ganas, Miriam me abrazó muy fuerte, sentí de nuevo su olor y me gustó. Pedimos otra ronda de gintonic para celebrarlo. ¡Me sentía tan feliz! No quería pensar en nada. El hecho de que Miriam me hablara de esta manera había sido un bálsamo para mi alma.

Estuvimos muy pegadas la una a la otra, pero siempre manteniendo la distancia. Yo no quería volver a pasar por lo mismo y, además, tenía que seguir con la farsa de mi relación con Ana. Miriam no tenía que saber que todo fue para ponerla celosa. Si se enteraba de esto podía cambiar su actitud. Yo sentía que tenía que dejar el juego pero después de hablar con Ana. Miriam estaba entregada a mí y podría haber hecho lo que hubiese querido con ella. Se la notaba desesperada.

Nos despedimos de madrugada con la promesa de vernos lo antes posible. Me sentía tan feliz...

CAPÍTULO XVII

—¡Valeria! ¡No puedes ser tan ingenua! ¿No ves que lo que quiere es llevarte al huerto?

Estas fueron las primeras palabras de Ana después de escuchar mi relato sobre la noche anterior.

—¿Por qué piensas esto? —Mi voz era muy débil, igual que mi estado de ánimo. Me sentía fatal por los comentarios de Ana.

—Es lo mismo que lo que hacen algunos hombres casados. Te cuentan que su mujer no se acuesta con ellos, que están hechos polvo, etc., y todo es para que caigas en sus redes. Miriam está haciendo lo mismo contigo. Está muy celosa y quiere recuperar tu atención.

—No sé, la vi muy desesperada...

—Claro, este es su juego. ¿Quieres que llame a alguna amiga suya para preguntar como le va a ella con Alexia?

—¡No! Me daría mucha vergüenza si se entera... No sé qué pensar. ¿Sabes?, tengo tantas ganas de estar con ella... Es como un imán, no lo entiendo. Mi razón me dice que no debo y mi corazón se muere por ella.

Estaba a punto de llorar...

Ana se acercó a mí, cogió mis manos y me dijo con suavidad:

—Te entiendo, Valeria, solo quiero ayudarte. ¿Sabes qué? Lánzate si es lo que quieres... ¿Qué puedes perder? Así sabrás de qué va la historia. Yo estaré siempre contigo.

—Pero, ¿cómo lo hago? No sé qué decirle, por dónde empezar... Tampoco quiero que piense que me tiene sin problemas. Quiero ver que de verdad me quiere.

—Queda con ella, háblale más suavemente, hazle notar que estás por ella. Y luego, espera a ver qué pasa.

—Parece tan fácil así...

—Claro que sí, habéis estado ya juntas, os conocéis, podéis hablar... Ella entenderá en seguida, y veremos qué actitud toma.

Nos abrazamos, me sentía tan bien con Ana, nos entendíamos a la perfección. Decidí hacerle caso. Ella estaba realmente entregada a mí y eso me daba fuerzas. No obstante me tomé unos días de reflexión. No quería lanzarme como si nada hubiera pasado. Tenía que estar preparada, sobre todo en el caso de que fuera un fiasco total.

Tuve la ocasión soñada: recibí una invitación a una fiesta en la que estarían Miriam y Alexia. El dato me lo confirmó Sandra que me llamó para pedirme si podía llevarla. Hacía tiempo que no veía a Sandra y me hizo mucha ilusión hablar con ella.

—¿Sabes que estarán Miriam y Alexia? —me preguntó.

—No, no lo sabía. No importa, ya estuve con Miriam un día y hablamos.

—¿Qué? ¿Me he perdido algo? ¿Lo sabe Alexia? ¡Seguro que no! Cuenta, cuenta... —Sandra casi se atraganta.

—¡No es para tanto! Fuimos amigas, antes de todo. Pero no creo que lo supiese Alexia. ¡Es tan celosa!

—¡Alexia es tremenda! Como para comprometerse con ella. Yo no podría, no te deja vivir, todo tiene que ser a su manera. A veces no sé cómo puede Miriam con ella.

—¿Entonces es verdad lo que me contó Miriam sobre su relación?

—No sé qué te habrá contado pero está claro que no tiene que ser fácil para ella. Las malas lenguas dicen que Alexia está con alguien, pero no te lo puedo confirmar.

—¡Sandra! ¡Por favor, eso es lo que necesitaría saber! ¿No podrías averiguarlo?, tú conoces a más gente en ese mundillo. Sería estupendo saberlo con certeza. De verdad, ¡no sabes cómo te lo agradecería!

—Pero bueno, tú estás aún colada por Miriam, ¿verdad?

—Sí... —Mi voz sonaba muy débil. No me gustaba reconocerlo.

—Valeria, no sé qué decirte, pienso que lo mejor para ti hubiera sido olvidarla para siempre. Te lo digo desde el cariño. No quiero que me malinterpretes, pero Miriam no es una mujer para ti. Ella es muy superficial y egoísta. No tiene tus valores.

—Vaya , pensaba que eras su amiga... —Me sentía mal por lo que me estaba diciendo sobre Miriam.

—Sí que lo soy, pero conozco a mis

amigos, no me pueden engañar, pero cada uno es como es. Yo la acepto como es, pero porque no tengo una relación profunda con ella. Lo tuyo es diferente. Tú la quieres y necesitas algo más. ¿Me equivoco?

—Sí, necesito tenerla conmigo. Pero no puede ser, ya que está con Alexia.

—Lo siento mucho, Valeria. Piensa que la vida da muchas vueltas, nunca se sabe lo que puede pasar. Para empezar vamos a la fiesta y ya veremos.

—Pues sí, tienes razón. Además la vida es lo que hacemos de ella. Yo quiero estar lo mejor posible con la gente que quiero. Tengo muchas ganas de verte, hasta entonces...

—Yo también tengo ganas, hasta pronto.

Así fue como quedé con Sandra para la fiesta que iba a cambiar mi opinión sobre la pareja formada por Miriam y Alexia.

CAPÍTULO XVIII

Para la ocasión me vestí con mucho esmero. Había encontrado un vestido de encaje rosa palo en una de mis tiendas favoritas. Cuando me lo probé oí un murmullo de aprobación por parte de la dueña y sus dependientas. Incluso vi como una clienta le pedía probar el mismo vestido a una de ellas. Vaya, pensé, he causado sensación. Elegí unas sandalias color carne a juego con un pequeño bolso y para terminar me puse unos pendientes maravillosos con estrellas doradas. No quise añadir nada más, me pareció suficiente. Y el efecto fue fantástico. Sandra se quedó con la boca abierta:

—¡Estás increíble, Valeria! —exclamó encantada.

Se lo agradecí con dos besos y nos fuimos en dirección a la fiesta.

—En el coche Sandra me advirtió:

—No pienses que Miriam ha cambiado por culpa del comportamiento de Alexia, en absoluto. Ella sigue siendo una egoísta, pero Alexia llama mucho la atención y parece que Miriam es una víctima, pero nada de eso. Lo que ocurre es que Miriam está coladita por Alexia y ya está.

Estuve escuchando sin decir nada, no quería pronunciarme. Solo quería llegar y verlo todo con mis propios ojos.

La casa era enorme y estaba totalmente iluminada. Los anfitriones, Isabel y Marc, una pareja encantadora, nos recibieron con mucho mimo. Nos invitaron a unirnos con el resto de invitados en el jardín. Había mucha gente, y al llegar al porche casi todas las miradas se clavaron en nosotras. De pronto me sentí pequeña, incluso tuve ganas de dar media vuelta e irme. Sandra debió sentir mi tensión, por lo que me cogió del brazo y me llevó escaleras abajo hacía el buffet.

—Con una copa de cava te sentirás mejor, toma.

Me había llenado una copa y me la daba cuando en ese momento se oyó una voz colérica:

—¿A ti qué te importa dónde voy?, ¡déjame en paz!

Era Alexia, estaba del brazo de un hombre moreno y le hablaba a Miriam con un tono bastante fuerte para que la oyeran todos los presentes. Le dio la espalda a Miriam y se marchó hacia la casa. Miriam se quedó sola, como petrificada, sin saber qué hacer. Sandra hizo ademán de acercarse a ella, pero la agarré del brazo y le dije:

—No vayas ahora, es mejor que no sepa que lo hemos oído, tendrá demasiada vergüenza. Luego nos acercaremos.

—Tienes razón, Valeria, yo también estaría avergonzada. Por un lado me da pena, pero por el otro pienso que tiene lo que se merece por cómo te ha tratado.

—Ya lo sé , pero no sigamos pensando en eso, ahora intentemos disfrutar de la velada. Tengo ganas de hablar con todos.

—Ven, te voy a presentar a algunas amigas que he visto por allí.

Estuvimos alternando un poco, y cuando ya tuve bastante me aparté hacia el porche. Desde allí podía ver a todo el mundo. A pesar de estar en un entorno tan maravilloso mi corazón estaba encogido. La escena de Alexia gritándole de esa manera me había sentado mal, como si fuera conmigo. No podía dejar de pensar en Miriam, la busqué con la mirada y no conseguí verla. Seguramente estaría dentro. No podía ir a buscarla, no quería parecer desesperada. Sandra se acercó a mí y me dijo:

—La estas buscando, ¿verdad?

Asentí. No podía fingir.

—Sé dónde está. Me lo acaba de decir una amiga común.

—¿Dónde? —le espeté.

—No te va a gustar.

—Da igual, prefiero saberlo.

—Está bebiendo...

—¿Qué? ¿Cómo bebiendo?

—En la casa han puesto una especie de bar, ella está allí bebiendo sin parar. Ya está borracha, según mi amiga.

No esperé más, me fui directamente a buscarla. La encontré tan mal que me asusté un poco, pero cogí fuerzas y la agarré de los brazos:

—Ven conmigo, no puedes seguir así

—le susurré al oído.

Al oírme empezó a reír. No opuso resistencia alguna, y me la pude llevar de allí sin problemas. Sandra nos alcanzó, me ayudó a sentarla en la parte de atrás del coche y se sentó a su lado. Yo estaba como loca por irme de allí, arranqué rápidamente y conduje en silencio. Sandra tampoco decía nada, el silencio pesaba como una losa. Miriam estaba medio dormida al llegar a casa y nos costó muchísimo llevarla a la cama.

—Gracias, Sandra, eres una amiga, mañana te llamaré para decirte cómo se encuentra, que descanses —Me despedí de Sandra con un par de besos.

—Hasta mañana, Valeria, cuídate mucho, ya me contarás.

Así es como me quedé a solas con Miriam en mi casa, algo con lo que llevaba soñando tanto tiempo... ¡Pero, de esta manera! La miré, acostada en mi cama, con la ropa puesta, parecía tan pequeñita, y entonces me di cuenta: Miriam no era la mujer fuerte que quería aparentar ser, era una mujer frágil, sensible y vulnerable. Tenía que ayudarla. Le quité la ropa y la tapé con la sábana, apagué la luz y salí del cuarto. Tuve que prepararme una infusión para tranquilizarme. Me sentía tan mal.

Estuve toda la noche dándole vueltas al asunto. Alexia utilizaba a Miriam como quería y había conseguido hundirla. Me daba cuenta de la debilidad de Miriam respecto a Alexia y eso me hacía daño. Todos los ratos que pasamos juntas eran una gran mentira. Lo que hizo conmigo era simplemente para dar celos a Alexia, esa mujer egoísta y manipuladora. Me sentía tan dolida que no podía ni llorar.

Había tomado varios cafés para conseguir pasar la noche en vela, no quería dormir teniendo a Miriam en casa. Era una tontería, tenía como miedo a que se fuera si me dormía. Una vez más no era coherente conmigo misma, estaba analizando la situación y no era favorable para mí, pero aun así tenía miedo a que ella se fuera. Esto no era normal, tenía que volver a tomar las riendas de mi vida ¡y olvidarme de una vez de Miriam!

Miriam se despertó temprano y con dolor de cabeza... lógico. Estaba tan aturdida que al principio no se daba cuenta de que estaba en mi casa. Entró en el salón y se sorprendió al verme:

—Hola, Valeria, me encuentro fatal. ¿Qué haces aquí?

—Yo estoy en mi casa. Tuve que traerte aquí, no estabas en condiciones de estar sola. Espero que no te moleste. —Le hablé fríamente.

—Gracias, realmente te lo agradezco. Pero, ¿que pasó? Me siento aturdida —dijo al sentarse en el sofá.

—Estuviste bebiendo y al final no te podías ni tener en pie. Voy a preparar el desayuno, te haré una infusión.

—Lo siento, soy una estúpida, debí controlarme. Te agradezco todo, pero será mejor que me vaya.

La miré fijamente y le dije:

—¡Quédate sentada en ese sofá y no se te ocurra moverte!

Mi voz sonó tan tajante que Miriam obedeció en seguida. Estaba tan sorprendida que no supo reaccionar. Era la primera vez que me oía hablarle así. Entré rápidamente en la cocina para prepararlo todo. Mi corazón latía muy fuerte, yo tampoco estaba acostumbrada a hablarle así. Valió la pena ya que cuando volví al salón Miriam seguía en la misma posición.

—Tómate esta infusión, te sentará bien. Y después cómete las tostadas, seguro que no tienes nada en el estómago.

La estaba cuidando como si fuera una niña y no me gustaba tener que hacerlo. No quería sentir su debilidad.

—Gracias, Valeria, no te imaginas cómo me siento ahora mismo. Estoy feliz de estar contigo, pero no en esas condiciones.

—Tranquila, estarás mejor después del desayuno. No hables.

Mientras comíamos las tostadas la observaba. ¿Cómo había ocurrido? ¿Por qué me enamoré de ella? ¿Qué tenía esa mujer que me atraía tanto? ¿Acaso elegimos al destinatario de nuestro amor? Todo ocurre a nuestras espaldas, sin nuestro permiso. El amor es un sentimiento tan devastador que asusta. El que lo haya vivido lo entenderá, incluso se dice que todo se perdona si ha sido por amor. No podía reprocharme nada, me entregué a una mujer por amor y no salió bien. ¿Qué podía hacer?

—Valeria... Yo te quiero mucho. Lo de Alexia es como una obsesión. Está jugando conmigo, sabe que los celos me corroen y aun así me los provoca.

—¿Y qué esperabas? Tú más que nadie conocías a Alexia, te has liado con ella porque la quieres y punto. Lo malo es que ella no siente lo mismo por ti. Ahora te estás dando cuenta, pero para los demás estaba claro desde el principio.

—Los demás, los demás... ¿Qué sabrá la gente? Alexia me quiere a su manera, ella no es fiel y nunca lo será. Pero lo que me duele es que lo haga delante de mis narices. No puedo más...

—Justamente, ese es el problema. Si te quisiera no te haría sufrir. ¿No lo entiendes? Mucha gente es infiel, pero algunas personas son tan discretas que no lo sabe nadie. Hay parejas que se quieren pero no tienen el mismo apetito sexual. Hay infidelidades que incluso salvan la relación de pareja.

—No creo en eso. Para mí la infidelidad es lo peor para una pareja. Yo no lo aguanto.

—Si no lo aceptas entonces ya sabes lo que tienes que hacer: ¡romper!

Se lo dije tan tajante que la dejé descolocada sin saber qué decir. Me daba pena. Volví a hablar, pero con un tono más suave:

—Miriam, siento no estar de acuerdo contigo. Mi experiencia personal con mi marido me abrió los ojos. Nos queríamos pero no nos deseábamos. Estuvimos viviendo así muchos años en perfecta armonía, hasta que llegaste tú a mi vida.

—Bueno, yo tampoco tenía mucha relación con mi marido, ya sabes... En fin, no sé qué decir, cada pareja es un mundo y no podemos comparar.

Terminamos el desayuno en silencio, cada una con sus propios pensamientos. Sonó el teléfono, era Sandra, quería saber qué tal estaba Miriam. Hablamos un rato y colgué.

—Estás muy bien con Sandra... ¿Cómo lo lleva Ana?

—¿Ana? Muy bien, ¿por qué? Ah, entiendo... Piensas que hay algo entre Sandra y yo... te equivocas completamente, Sandra es una buena amiga. Y Ana es maravillosa conmigo.

No podía decirle que la única mujer que me importaba era ella, que sin ella mi vida estaba vacía, que cada día tenía que hacer un esfuerzo para seguir adelante. No podía decírselo, me tenía que proteger. Siempre que me acordaba de aquella vez en la que le confesé mi amor sentía pena por mí misma. Fue una equivocación tan grande, el error más grande de mi vida. Miriam se aprovechó de mi debilidad para sus propios fines. Y en aquel entonces su principal deseo era poner celosa a Alexia.

—Me alegro por ti, además te lo mereces.

Su voz sonó fría, no estaba en concordancia con sus palabras. Noté que estaba celosa. No entendía nada. Alexia era su gran tormento, ¿por qué estaba celosa de mi supuesta vida con Ana?

—Bueno, sabes que después de ti mi vida fue un tormento, tuve la suerte de conocer a Ana, ahora estoy muy bien y tranquila.

—Si no hubiera pasado lo de Alexia... Te aseguro que yo también quería estar contigo.

—No, Miriam, no vayas por allí... Me tenías totalmente entregada a ti, además sabías que te quería, no busques escusas falsas. Dejémonos de tonterías, tú querías y quieres a Alexia. Es así y punto. Ni tú ni yo podemos cambiar eso. No quiero hablar más del asunto.

—Como quieras, pero acuérdate de lo nuestro y verás que yo también estaba colada por ti. Estas cosas no se pueden fingir, no soy tan buena actriz.

Su mirada me produjo un escalofrío, me levanté y me fui a la cocina. No quería que viera mis lágrimas. No pude contenerme, sentía una especie de ansiedad. Me derrumbé allí mismo, sentada en la cocina. Miriam entró, se puso de rodillas delante de mí y me abrazó con fuerza:

—Yo te quiero, te quiero muchísimo, ¿por qué crees que tengo tantos celos cuando te veo con Ana o Sandra? Te quiero conmigo, pero no sé cómo cambiar las cosas.

Yo seguía llorando, no podía parar, toda la tensión acumulada salió de repente. Miriam me llevó a la cama, me desnudó y empezó a besar cada rincón de mi cuerpo, con mucha dulzura. Mis sollozos cesaron, no sabía qué hacer, deseaba tanto ese momento. Por fin podía sentir de nuevo sus labios sobre mi piel, su lengua caliente saboreando mi cuerpo. Me dejé llevar y unas sensaciones maravillosas me invadieron de pronto, olvidé todo y sentí que no quería parar aquello de ninguna manera. Nos fundimos en un cuerpo a cuerpo apasionado, éramos solo uno, un deseo, un sentimiento, una mirada, una sonrisa, una caricia, una palabra: amor. Por fin la calma había vuelto a mi corazón.

163

CAPÍTULO XIX

Pasamos todo el domingo en la cama, estuvimos hablando, comiendo, haciendo el amor... fue ligero, fácil, mágico. No nos preocupamos de nada ni de nadie, de hecho no nos llamó nadie, parecía que el universo estaba de nuestra parte. Yo no quise hablar de Alexia, ni siquiera mencionar su nombre de pasada. Hasta pensaba que ese nombre me traía mala suerte.

Miriam estaba conmigo y lo demás ya no importaba. El amor es así, no pide explicaciones, no exige nada, no critica. El amor es respeto, es cariño, es magnetismo, es deseo, es ternura. No quería volver atrás, solo quería seguir con ella, olvidar los malos momentos.

—Me iría contigo al fin del mundo, donde no nos conozca nadie. Si nos quedara solo una semana de vida, ¿estarías dispuesta a seguirme?

Me di cuenta en seguida de que había metido la pata.

—Perdóname, no contestes, ya sé que es una pregunta tonta, tú tienes a tus hijos y no puedes pensar como yo.

Se echó a reír...

—Mis hijos pasarían esta última semana con sus amigos, ¿no te das cuenta de que son adolescentes? A estas edades lo único que importa son los amigos.

—Entonces, ¿tú qué harías? ¿Te lo puedo preguntar?

— Me iría contigo, no lo dudes. Yo te necesito tanto como tú a mí. No quiero ni acordarme del resto.

Me acerqué a ella y nos fundimos en un tierno abrazo, la miré a los ojos y me sentí como en el cielo, su mirada denotaba tanto cariño. Estaba claro, no podía fingir, tenía que creerla.

Por fin podía dormir de un tirón, era como un milagro. Desde que supe que me había enamorado de una mujer no había conseguido dormir como antes. Ahora sentía que iba a ser definitivo, podía relajarme y disfrutar. Por la mañana me tenía que levantar para ir a una reunión importante de trabajo. Mientras me vestía estuve mirando a Miriam, estaba dormida, su cara era dulce, tranquila, su pelo rubio estaba totalmente despeinado y aun así me parecía preciosa.

Habíamos quedado en comer juntas. El saber que nos íbamos a encontrar en seguida me daba alas, hice mi trabajo con tanta alegría que todos los presentes se sintieron contagiados y terminamos todos charlando con entusiasmo. Se encontraban tan a gusto que insistían en que me quedara a comer con ellos. Tuve que inventarme una excusa muy válida para despedirme, no sin antes prometer quedarme a cenar o a comer después de la próxima reunión.

Llegué a casa lo antes posible, y tuve una maravillosa sorpresa: mesa puesta, olor a hogar y en la cocina Miriam preparando la comida. Me sentía en las nubes. Hacía tanto tiempo que no vivía algo así. Realmente, las cosas más sencillas son las que nos dan vida. Y saber apreciarlas nos da felicidad.

Miriam llevaba un camisón mío, y me di cuenta que de que por fin se sentía en confianza conmigo. Era algo que hasta entonces no había notado. Ahora, ella estaba poniendo también de su parte y eso me llenaba el alma.

Estuvimos hablando del fin de semana. Me dijo que había hecho algunas llamadas importantes para informar de dónde estaba. No mencionó si habló con Alexia, y yo no quise saberlo.

—¿Entonces te quedas conmigo? —le pregunté casi sorprendida.

—Si no te importa, me gustaría quedarme unos días, necesito estar contigo. Luego ya veremos qué hacemos. No quiero pensar más allá, ¿qué te parece?

—Me encanta. Yo también quiero disfrutar de ti sin pensar en nada más.

Comimos verduras al vapor con filetes de lubina a la plancha. Y de postre un tiramisú de fresas maravilloso. Miriam estaba sorprendiéndome, no tenía ni idea de que supiera cocinar. La alabé tanto que casi se enfada conmigo por no creer que tuviera esa virtud y entre risas y burlas terminamos en la cama.

Puedo decir que estaba convencida de que lo nuestro iba a funcionar, estábamos tan unidas, nos entendíamos, nos reíamos tanto...

Estaba segura de su amor y por supuesto de lo que yo sentía por ella.

Estuvimos juntas toda la semana, las dos pusimos de nuestra parte para que todo fuese perfecto, y así fue. No me acuerdo de las cosas que tuve que hacer sin ella, ni de la gente que tuve que ver o con quién tuve que hablar... Estaba en una nube y todo me resultaba sencillo. Avisé a algunas amigas de que no estaría disponible durante un tiempo y Miriam hizo lo mismo. Sentíamos la necesidad de estar a solas. Ella no me habló ni de Alexia ni de sus hijos ni de su marido. Yo sabía que estaba en contacto para las cosas importantes, pero no me hablaba de nada de su vida con ellos. Estábamos apartadas de todo y de todos, solas ella y yo.

¡La fuerza del amor! ¡Qué gran verdad! El amor tiene un poder sobrenatural. ¡Cuántas cosas increíbles se hacen por amor! Somos capaces de mucho y sin embargo no aprovechamos esa capacidad cuando estamos solos. ¡Qué pena!

CAPÍTULO XX

¡Y llegó el drama! Algo que no hubiéramos imaginado nunca, Carlota, la que vivía por y para las fiestas, ¡se había quitado la vida!

Ocurrió el sábado, justo uno de los días preferidos de Carlota, un día para las compras, los amigos, las cenas... todo lo que "parecía" gustarle tanto. Alexia, desconsolada, llamó a Miriam. Quedaron en seguida para visitar a los hijos de Carlota. Miriam estaba abatida. Ella, como amiga de Carlota, no entendía nada:

—¡Qué horror, no puede ser! ¿Por qué no nos contó nada de cómo se sentía? No me lo puedo creer.

Se oían los sollozos de Alexia al otro lado del teléfono.

Yo estaba atónita... Cuando Miriam

terminó de hablar se giró hacía mí y me dijo:

— Tengo que irme, a la vuelta te cuento...

Se marchó tan rápido que no tuve tiempo de decirle nada.

Me quedé totalmente perpleja. No sabía qué pensar. Hasta se me pasó por la cabeza que esto podía ser una artimaña de Alexia para ver a Miriam. ¡Pero no! Imposible, era demasiado fuerte... pero ¿por qué Miriam no me pidió que la acompañara?

Tenía el corazón encogido, la muerte de Carlota me había sorprendido y aunque se hubiera portado tan mal conmigo yo no me alegraba en absoluto. Cuando uno muere de pronto parece mejor persona... Me daba pena, mucha pena, pensar que una mujer con una vida de fiestas y amigos se había sentido tan sola y tan desesperada como para quitarse la vida.

Recibí varias llamadas de amigas que se habían enterado de lo ocurrido. Con Ana estuve casi una hora al teléfono, ella estaba totalmente sorprendida, no se lo podía creer, le parecía tan extraño. Me contó que había visto a Carlota en una fiesta de amigos que tenían en común justo unos días atrás. La vio estupenda como siempre, aunque le llamó la atención que no fuera acompañada.

Hablando con Sandra por fin supe un poco más. Según ella, Carlota estaba en la bañera, con agua hasta el borde, la encontró la señora que cuida de la casa. La pobre mujer se disponía a limpiar pensando que la casa estaba vacía ya que Carlota salía cada mañana para hacer deporte. Sus hijos estaban con el padre. Pero lo más curioso es que la policía había encontrado una especie de diario personal en la mesilla de noche al lado de varios botes de pastillas medio vacíos.

El diario de Carlota:

Diciembre: mes de mi cumpleaños... No tengo ganas de celebrarlo, pero lo tendré que organizar lo más pronto posible...

¿Qué puedo hacer, qué puedo hacer, qué puedo hacer? No puedo contar a nadie cómo me siento, no puedo hablar con nadie, ¿acaso me iban a entender? Mujer sin problemas, con todo lo que necesita para ser feliz, se siente vacía... jajajajaja, ¡se iban a reír en mi cara! ¡Seguro!

Mi madre no se cansa de decirme: "Tienes que dar gracias a Dios por todo lo que tienes: un marido maravilloso, dos hijos sanos y guapos, una casa grande con cocinera, jardinero y una cuidadora para los niños". Claro, mamá, tienes razón, mamá... Me siento vacía... no solamente vacía, no sé cómo explicarlo... Me levanto por la mañana sin ganas de nada, tengo un dolor interno que nada tiene que ver con el dolor físico, me duele mucho, me siento mal, vacía...

Hoy he quedado con amigas, vamos a jugar al tenis, seremos cuatro. En realidad serán tres, porque yo solo estaré físicamente con ellas, jugaré, incluso reiré, pero mi cabeza estará en otra parte... Cada segundo libre lo dedicaré a sentirme mal, vacía... Tengo que hacer un esfuerzo enorme para participar en todo esto...

Ya está, he jugado, hasta he ganado con mi compañera. Ella estaba contenta. Me daba palmaditas en la espalda, cada golpe me hacía daño, no físico, ¿daño moral? Daño mental... nooooo, no puedo más, me siento mal y no lo puedo explicar a nadie.

Mi marido, un ser encantador, amable, divertido... y egoísta, manipulador, infiel. Mis amigas me dicen: "Javier es tan amable, cómo te quiere, ¡se ve que te adora!" ¿Qué sabrán ellas? No se lo puedo contar a nadie.

Hoy toca cena en casa, mi cumpleaños, hemos invitado a los amigos íntimos: ¡16! Íntimos, y no les puedo decir nada... me siento tan sola. Hoy toca hablar, reír, aguantar, soportar, tengo que vaciar mi cabeza y obligarme a ser feliz... Adelante... soy experta en fingir... Hoy es mi día...

Ya está, la cena acabó... siempre igual, los hombres de un lado, las mujeres del otro, nos dedicamos a criticar a las que no están. Qué importa, todas hacemos lo mismo, ¿no es verdad? He recibido regalos. Sé que no son regalos con el corazón, son para quedar bien, para corresponderme por los que hice yo en su momento... yo te doy, tú me das, yo te doy...

Mientras hablaban yo sentía ese dolor interno tan particular, tenía que hacer grandes esfuerzos para sonreír... La próxima cena en casa de··· Ni me acuerdo... ya me llamarán. Me gustaría tanto poder decir ¡NO!

No, no, no... ¡Debí decir NO!

Viajes con amigos, cenas con amigos, fiestas... Siempre con gente, nunca solos··· comer, beber, siempre igual. Y Javier ¡feliz! Javier, ese niño caprichoso, el que lo tenía todo pero quería más... Me convenció, me dijo: "Hazlo por mí, si me quisieras lo harías". Me siento vacía.

Enero: ¡Por fin se acabaron las fiestas! Visitas a la familia que se me hacen cada vez más insoportables. Todos alaban tanto a Javier, mi encantador marido, que me da ganas de vomitar. Los chicos están bien, se les nota la edad del pavo, están en lo suyo, me siento invisible.

Febrero: ¡Javier me ha dejado! Se ha ido de casa, dice que no soporta más mi indolencia... En realidad se ha ido con una mujer muy joven... 25, 30, no sé, ni me importa, ¡se acabó! ¡Todo para nada! Qué pequeña me siento de pronto. Los amigos miran a otra parte, se sienten mal cuando me ven, los hombres lo sabían, claro... entre ellos se tapan las infidelidades. Las mujeres me miran con cara de pena, ahora sí les doy pena... ¡Por fin! Pena es lo que siento yo también por mí misma, ¡por no saber decir que no!

Marzo: Estoy intentando salir para olvidar. Ya no me invitan a cenas... será porque no tengo pareja. Mis amigas me presentan a hombres, me organizan citas a ciegas. Parece que tienen prisa en emparejarme. No estoy acostumbrada a estar sola... pero ahora me siento menos sola, es una sensación muy extraña.

Abril: Pensé que podría borrarlo todo, pero no es posible. Quise hablar con Alexia, pero no tiene tiempo para mí. Al fin y al cabo es ella quien me aconsejó aceptar lo que Javier quería hacer. Le quería contar lo que pasó, cómo me siento, pero no tiene tiempo, está tan ocupada.

Mayo: ¡No puedo más! Mi cabeza va por libre, no quiero pensar en eso, pero todo me viene a la mente. Javier me decía: "Hazlo por mí, si me quisieras lo harías". Todo pasó cuando descubrí que me era infiel. ¡Fue un drama! Me pasaba las noches llorando, él no se dignaba ni siquiera mirarme, pedirme perdón... ¡Nada! Hasta que un día me dijo: "Carlota, yo no puedo serte fiel, no puedo pasar mi vida con una sola mujer, ¿lo entiendes? Bah, da igual, nunca lo entenderás. Te propongo una cosa: hagámoslo juntos. Me gustaría llevarte a un sitio de parejas donde cada cual se acuesta con quien le apetece. Es un tipo night club, muy agradable".

Estuve a punto de desmayarme, no me podía creer lo que estaba oyendo. Le grité, le dije que eso nunca, que yo no soy de esas, que conmigo no cuente, que no me habían educado para eso...

"Tranquila", me dijo, "pero tenlo en cuenta, piénsalo... Si me quisieras lo harías".

Aquel día sentí que mi mundo se había derrumbado. Me veía entre la espada y la pared. Llamé a Alexia, le pedí ayuda. No conté con que Alexia es diferente a mí, a ella no le pareció mal, me dijo que conocía varias parejas que hacían eso y que incluso era una buena terapia para nuestra vida sexual. Me convenció de que eso no era para tener vergüenza, me dijo que era muy normal en el mundo de hoy. En fin, caí en la trampa. Sí, la trampa... ¡porque eso es una trampa que te pone el diablo! Oh, Dios mío, ¿cómo puedo salir de eso?

Junio: No puedo con mi alma, ¡no puedo! Cada día pienso en esos hombres que me sobaron, que me tocaron... y Javier tan contento... le daba igual... Yo no podía ni mirar cuando estaba con alguna mujer, no podía... Dios mío, qué desastre...

Julio: Estoy con mis hijos todo el mes, su padre los vendrá a buscar en agosto. Quiero olvidarme de todo, quiero disfrutar de mis hijos... si supieran, qué vergüenza... hay días en que no les puedo mirar a la cara. ¿Qué me pasó?, ¿por qué me dejé llevar? Me habían educado para saber cuidar de mi casa, de mis hijos y de mi marido. Mi madre me decía: "Hija, los hombres son diferentes a nosotras. Tienes que complacerle. Tú haz lo que te pida y todo irá bien". Mamá, por qué me has engañado, ¡nada está bien! Mamá, mamita mía, qué dolor tengo...

Agosto: Por fin se ha llevado a los chicos. Yo no podía más, ya no puedo fingir. Mis hijos se han dado cuenta pero les da igual. Seguramente pensarán que estoy mal por la separación, si supieran... Ellos están felices con sus amigos, sus deportes... Me alegraría por ellos, pero no puedo... mi alma está negra... No quiero acordarme de esos hombres, no quiero... quiero acabar con eso... Mamá, perdóname...

CAPÍTULO XXI

La policía entregó el diario a la familia después de comprobar que, efectivamente, Carlota se había suicidado. Solo los más íntimos tuvieron constancia del contenido del diario. Pero, no se sabe muy bien cómo, Alexia recibió una copia. Se lo entregaron en mano y en su casa. El chaval que llamó a su puerta no supo decirle quién lo enviaba. No había ninguna carta adjunta. Alexia sintió que aquello era un reproche mudo y que, por supuesto, no estaba bienvenida a ningún acto en memoria de la difunta. Le entró tal rabia que llamó en seguida a Miriam.

Miriam estaba conmigo, en casa, aún muy abrumada por lo que había pasado. Me contó que los hijos de Carlota estaban conmocionados. Pobres, tan jóvenes y ya se habían quedado sin madre. Miriam estaba muy, muy triste. Cuando Alexia la llamó, tuvo un momento de duda antes de coger el teléfono. Supongo que se sentía incomoda por mí. Me fui a la cocina para dejarla sola, pero no estaba tranquila. Estuve a punto de coger el teléfono que tenía delante de mí para escuchar la conversación. Me contuve, tuve miedo de que se oyera un clic al cogerlo. No quería estropear la confianza que Miriam tenía en mí.

Estuve preparando café para las dos. Entré en el salón justo en el momento en el que Miriam decía:

—Sí, está claro que esa es la intención. Pasaré más tarde y me lo enseñas. ¿Vale? Hasta luego y tranquilízate.

—Vaya, no pensaba que fueras a salir —le espeté.

Intenté guardar la calma, pero era muy difícil.

—Alexia está muy mal. Ha recibido un diario que se supone era de Carlota y parece ser que la familia le echa la culpa de lo que ha pasado. Iré a verla porque me ha pedido mi opinión sobre el tema. Además tengo ganas de leerlo y entender un poco lo que ha pasado.

Me quedé en silencio un momento pero no pude reprimirme y le dije:

—Me gustaría que me hagas partícipe de esto, me contarás de qué va la historia, ¿por favor?

—Te lo cuento todo al volver, ¿de acuerdo? Y no te preocupes por nada. No pasa nada con Alexia, ella está diferente conmigo.

Me besó en seguida, como para confirmar el significado de sus palabras. Me dejé llevar y sentí que estaba siendo sincera. Nos tomamos el café en silencio y justo después Miriam se fue.

Aproveché el tiempo para organizar mi casa, mi trabajo, mis cosas. Había dejado de lado mi vida por estar con Miriam. Hice varias llamadas importantes y necesarias con el fin de conseguir tener más tiempo libre para estar con ella.

Miriam volvió tarde por la noche, se la veía cansada. Le había guardado algo de cena por si tenía hambre, pero la rechazó.

—Valeria, no te puedes ni imaginar cómo me siento, estoy abrumada, sorprendida y también enfadada.

—¿Qué pasó?, ¿Alexia te ha contado todo?

—Sí, esto es lo malo, me ha leído el diario de Carlota, y francamente hubiese preferido no saber nada.

—¿Pero tan malo era todo?

—Malo no, peor... ¡Qué sola estaba Carlota! Yo no tenía ni idea, se ve que había aprendido a disimular muy bien. Tenía un secreto que no la dejaba vivir y, claro, al final no pudo más.

Miriam me contó la historia.

Esa noche sentí que Miriam se alejaba de mí, no sé exactamente el porqué, pero en el fondo de mi alma sabía que algo se había roto. Mi mundo se desmoronaba otra vez y me di cuenta de que ya no tenía fuerzas para luchar.

Alexia:

No me puedo creer lo fácil que me resulta todo. Sé que la gente me sigue, me escucha, incluso me imita... pero lo que he conseguido es increíble. ¡Se ha suicidado Carlota! ¡Por fin he borrado esa sonrisa de su cara! Y no tuve que ensuciarme las manos.

Cada día me levanto pensando en cómo estropear la felicidad de los demás. Pero ¿qué tontería es esa: la felicidad? ¡Yo deseo que todos se pudran en el infierno!

Mi día a día es ese, tengo que calcular muy bien cómo hacer las cosas. No es fácil. Las personas que conozco sienten un deseo muy fuerte de estar bien, de vivir la vida... ya estoy yo aquí para estropearles los planes.

Cuando era pequeña me encantaba romper las muñecas de mis amigas... jajajaja, ¡amigas! Bueno, esas tontas que se creían que me importaban algo. Qué extraño, ahora que lo pienso, toda mi vida me han seguido, han hecho lo que les he dicho. Yo lo hago muy disimuladamente, dando consejos, incluso me invento problemas propios para crear un vínculo entre nosotras y así abrirles camino para que me cuenten sus cosas. No han llegado a sospechar jamás que mis intenciones no eran buenas. Me gusta, me gusta mucho ese poder. ¡Qué bien! Soy como una vampiresa que busca sangre, necesito verlas destrozadas para sentirme bien. Carlota estaba muy mal, francamente era una pobre diabla, muy tonta. Ella estaba siempre tan pendiente de su marido... ¡Estaba tan feliz!

No me costó nada conseguir que Javier le fuera infiel. Podía haberlo seducido yo misma, hubiera sido muy fácil, pero no. Contraté una prostituta para ese trabajo. Tenía que ser alguien de fuera. Su cometido era seducirlo hasta volverlo loco. Jugué muy bien mis cartas. Ella lo llevó a los clubes de intercambio de parejas. Javier estaba exultante... La prostituta me lo contaba, todo fue rodado, ella misma le aconsejaba llevar allí a su mujer. Javier es como un niño. Dejamos pistas para que Carlota descubra la infidelidad. Le costó mucho admitirlo, pero al final todo salió según lo planeado.

Nunca olvidaré el día en que Carlota me llamó, estaba tan desesperada... eso me dio mucha vida. Pobre niña rica. Bueno, hay que decir que ella me sirvió en su momento.

Le metí en la cabeza que tenía que despreciar a Valeria, ignorarla, darle de lado... en fin, todo lo necesario para que esta mujer no se metiera en nuestro grupo. ¡Lo que faltaba! Una mujer tan interesante, y además de buen ver. No podía permitir que me hiciera sombra. Pero todo fue inútil, Miriam se quedó prendada de Valeria. No lo entiendo, hice todo lo que pude.

Miriam... la odio tanto. No es fácil de explicar.

Hace años que quiero verla hundida, pero se me resiste. Su vida es demasiado fácil. Estoy harta de ver que todo lo tiene regalado. Yo tuve que luchar tanto para conseguir la posición que tengo.

Nací en un pueblo muy pequeño, mis padres eran simples campesinos. ¡Cómo odio el campo, el olor a ajo, los postres caseros, el barro, las vacas! Dios mío, no soportaría volver... Tuve la gran suerte de conocer a Romina, ella era simplemente rica, sus padres eran los propietarios de casi todo el pueblo. Hice lo imposible para conseguir su amistad, es por entonces cuando aprendí a sacar ideas de donde fuera para llegar a la meta. Le conté que mi vida era un infierno por culpa de mi madre y eso le llegó al alma.

Me inventé tantas historias, incluso yo misma me las creía. No fue nada complicado y para mí ese juego fue la salvación. Romina me protegía, me defendía contra todos. Cuando tuvo que ir a estudiar a Madrid la convencí para que hiciera algo por mí, que me llevara también. Ella se lo tomó muy a pecho, convenció a sus padres y ellos a los míos. Pude disfrutar del apartamento que sus padres le compraron y además ella me invitaba a todas partes. Nunca imaginé que iba a estar tan bien. Teníamos 18 años, ella estudiaba Empresariales y yo buscaba trabajo. Yo tenía muy claro que necesitaba dinero para vivir hasta que encontrara un hombre lo bastante rico para mis aspiraciones.

Encontré rápidamente un trabajo: ¡cajera de supermercado! Me daba tanta vergüenza que cada noche lloraba hasta que el sueño me vencía. Por supuesto no se lo dije a Romina. Mientras Romina seguía pensando que yo estaba sin empleo más predispuesta estaba en ayudarme económicamente. También recibía alguna ayuda de mis padres y no se me pasaba por la cabeza renunciar a eso.

Poco a poco me fui adaptando a mi nueva vida. Las noches locas por Madrid con Romina era lo que me mantenía animada. Conocimos bastante gente pero a nadie lo suficientemente rico para solucionar mi vida.

No estoy muy orgullosa de todo lo que hice pero cuando tienes una meta no puedes tener escrúpulos. Y estar orgullosa ¿de qué exactamente?, esas bobadas que nos meten en la cabeza de que hay que ser honestos, buenos, etc. ¡tonterías! Mi madre estaba siempre con eso ¿y qué? ¿Acaso ser buena gente le ayudó en algo? ¡No! Su vida era tan sosa, tan pobre... Hubiera preferido morirme antes que vivir así.

Yo sabía que si ponía todo mi empeño al final conseguiría lo que de verdad importa: un alto estatus social, dinero y esa mirada de admiración de los que están más abajo. Cuando estaba con Romina me daba cuenta de que la gente la miraba de otra manera, era entre admiración y respeto. Y eso se debía al dinero de su familia.

Conseguí subir peldaño a peldaño, tuve diferentes trabajos y pasé por varias camas. No hay nada como una buena sesión de sexo para que un hombre te ayude. Y lo del supermercado era un viejo recuerdo. Romina ya no me hacía tanta falta, aunque siempre me mantuve cerca de ella porque sabía que, en la vida, nunca sabes lo que puede pasar. Lo que hice fue rodearme de personas que me pudieran hacer falta, los que no me servían los ignoraba y punto. De esa manera conseguí tejer una especia de telaraña a mi alrededor, yo era la araña que atrapaba a sus presas con engaños, mentiras y mucha manipulación emocional. Se me daba tan bien que yo misma me sorprendía de mis logros. Los que mejor supe engañar fueron Daniel y Miriam, sobre todo porque ha sido un engaño que ha durado años.

Conocí a Daniel en una reunión de trabajo. Él era un empresario famoso y yo había conseguido un puesto como relaciones públicas en una empresa de publicidad, trabajo que, dicho sea de paso, me convenía para mis propósitos. Cuanta más gente conociera más probabilidades tenía de encontrar al hombre que me fuera a solucionar la vida. En ese caso fue antes de lo esperado.

Daniel estaba casado pero eso no fue un problema para mí. Le atraje desde el primer momento, me comporté como una mujer sensual y frágil a la vez. Yo sabía muy bien cómo hablar a los hombres, y más a los que, como Daniel, tienen un puesto de responsabilidad y necesitan que se les adore. ¡Y yo le adoraba! Le hablaba en un tono bajo y dulce como una sirena. Le miraba con admiración y también, cuando era el momento propicio, con lujuria. Daniel estaba totalmente desarmado a mi lado. El paso siguiente fue conseguir que dejara a su mujer para casarse conmigo. Todo fue tan rápido que casi no me acuerdo de los detalles. Entré de lleno en su mundo y fue maravilloso. El único trabajo que tenía era organizar fiestas, cenas, viajes... todo lo que había soñado.

Conocí a mucha gente y también a Miriam. Ella era amiga de la infancia de Daniel, las dos familias tenían el mismo estatus social y estaban muy unidas. Con Miriam hice lo mismo que con el resto de la familia, llevarla a mi terreno. Con ella fue especial, me daba cuenta de que había algo extraño. Durante los primeros años fuimos amigas, aunque yo no le revelaba nada de mi vida, por supuesto. Mi intención era tenerla de mi parte y para eso tenía que descubrir sus secretos. Todo el mundo tiene secretos, y Miriam no iba a ser diferente.

Miriam era muy extravertida pero no hablaba de sí misma. Intenté sonsacarle contando cosas de otras amigas mías e incluso me inventé un secreto oscuro de mi familia para que se abriera a mí. Pero no había manera. La relación con su marido parecía muy normal y con su familia también, tenía las típicas riñas con sus hermanas y hermanos.

Una noche quedé con ella para cenar en su casa porque nuestros maridos estaban de viaje y nos habíamos quedado solas. Yo tuve la idea y con mis artimañas hice que me invitara. Le conté que me sentía muy triste y que necesitaba un hombro donde apoyarme. Pedimos comida china a domicilio. Estábamos en el sofá, un poco alegres por el vino, cuando me di cuenta de cómo me miraba. Yo llevaba una falda bastante corta y unas medias muy finas. Ella no podía dejar de mirarme las piernas, era exactamente igual que cuando me miraba un hombre que tenía ganas de mí. Por fin entendí cuál era su secreto. Seguramente el vino ayudó a que se soltara de esa manera delante de mí. Me sentí tan bien, jugué con ella, lo reconozco, estuve provocándola toda la noche. Me acerqué a ella con la excusa de mirar fotos de su álbum. Le dije que cuando bebía me volvía un poco lesbi y ella se quedó petrificada. La besé en la boca. Hizo ademán de rechazarme pero cambió de actitud en un momento y se dejó llevar. Yo no estaba sintiendo nada, pero ella estaba muy caliente. Lo cierto es que me gusta el sexo, pero tengo unas preferencias concretas y Miriam no era una de ellas. Esa noche no llegamos a más, le solté el rollo de que me gustaba pero no quería ser infiel a mi marido ya que le debía mucho. Ella me dijo que le pasaba igual y que ya había elegido la vida que quería vivir, por lo que no debía seguir con eso. ¡Me sentí victoriosa! Su secreto estaba en mi poder, ¡por fin!

Mi vida era maravillosa, tenía un marido que me idolatraba, dinero sin tener que contar, estaba muy valorada por las amigas y tenía un gran poder sobre ellas... La guinda del pastel eran mis amantes, jóvenes que me ponían a cien... Todo iba sobre ruedas.

Sí, todo iba sobre ruedas hasta que Daniel me dijo ¡que quería un hijo! ¡Qué horror! Fue un duro golpe para mí... aunque suponía que tarde o temprano saldría el tema. Dios mío, mi cuerpo, tanto trabajo para mantenerme en forma y estar lo mejor posible ¡y tenía que estropearlo con un bebé! Lo pensé muy detenidamente pero llegué a la conclusión de que tenía que hacerlo para no perder lo que había conseguido. Odié a Daniel por eso, y así empecé a prepararme para lo inevitable...

¡Lo hice a mi manera! Hice lo que pude para mantener la figura, pero cuando ya no se podía esconder esa barriga tan fea me aparté de la vida social. No quería que nadie me viera en estas condiciones, mi imagen tenía que permanecer intacta.

Me llevaba el mejor médico, un antiguo amante, Alfredo. No puso ningún impedimento cuando le dije que quería que me practicara una cesárea. Claro que no podía ponerse en mi contra teniendo en cuenta que cuando éramos amantes él estaba casado y lo seguía estando... No hay nada mejor que tener a las personas de tu entorno cogidas por sus secretos. Es muy divertido y es una actividad que me ha dado muchas alegrías. Una cosa que no deja de sorprenderme de las personas es lo ingenuas que pueden llegar a ser...

Tuve a Livia y todo cambió entre Daniel y yo. Él dejó de admirarme, toda su atención se dirigió hacia Livia. Fue algo impactante... me sentí ignorada, mi autoestima bajó tanto que perdí pie... Nunca en la vida me había sentido así. Siempre fui la protagonista en todo y no podía dejar que una mocosa me quitara el puesto... Me las ingenié para que la niña estuviera lo más lejos posible de mí y de su padre: niñeras, abuelas, amigas... Todo era poco para intentar recuperar la atención de Daniel. ¡Qué hombre! ¡Al final resultó ser tan débil! Tuvimos muchas discusiones, lloré, supliqué, mentí... Todo era inútil. Daniel quería a la niña, quería estar con ella, jugar con ella, viajar con ella, contarle cuentos... ¡Qué horror! Hay tantos hombres que ignoran a sus hijos y a mí me había tocado uno que adoraba a su hija. Yo no lo entendía, ¿qué es lo que había fallado?

¡Nos divorciamos! Para no armar ningún escándalo, Daniel me pasó una buena pensión y me dejó la custodia de la niña con la condición de poder estar con ella cuando quisiera. Daniel sabía que para mí lo más importante era tener el dinero, pero me dejó a la niña en un intento de que yo cambiara, de que quisiera a nuestra hija... ¡y eso era imposible! Cuanto más crecía la niña, más rabia me daba. Livia se estaba convirtiendo en una belleza y eso era insoportable. Hice lo imposible para que no resultara tan atractiva, le compraba ropa bastante fea y además le daba mucho de comer para que engordara. Todo era poco para no perder mi puesto, pero no funcionó ya que Livia se convirtió en una joven admirada por todos.

¡Qué estúpida es la gente! Me decían: "Tu hija es tu vivo retrato cuando eras joven". "Tu hija es la continuación de tu belleza". Tu hija, tu hija, tu hija... estaba harta de oír lo guapísima que estaba. Cuando me miraba al espejo, en la soledad de mi cuarto de baño, me costaba ver esa belleza juvenil de

Livia. Yo ya no era joven ¡y eso me estaba matando!

Mis "amigas" también tuvieron hijos, todos chicos. Miriam tuvo a Eduardo y a José unos años después de nacer Livia. Pero Miriam disfrutaba con ellos, además los chicos la adoraban y eso era insoportable para mí. Yo hubiera querido tener chicos para que me dijeran lo guapa que soy y que me abrazaran continuamente. Estaba cansada de ver la buena vida que tenía Miriam, su familia, su dinero, sus chicos, sus amigas... Y encima Daniel era su mejor amigo. Pero cuando Valeria entró en su vida tuve por fin la manera de fastidiarla. Yo la conocía muy bien y sabía que Miriam sentía algo muy especial por Valeria. Pero, con mis mejores armas de seducción supe apartarla de su lado. Tuve que hacer muchos esfuerzos, sobre todo en la cama, pero tenía que borrar de su cara esa sonrisa permanente... Todo lo hice poco a poco, como tejiendo una tela de araña. Sé perfectamente que los propósitos se consiguen, pero hay que trabajarlos, con calma y mesura.

Lo mejor estaba por llegar: ¡la muerte de Daniel! ¡Por fin lo conseguí! Livia ya no tendría a su querido papá para ayudarla, protegerla y limpiarle las lágrimas... Estuve esperando el momento apropiado durante tanto tiempo... ¡Y llegó!

Daniel era tan emotivo... primero le asusté un poco hablando de lo que sabía sobre sus empresas, sus declaraciones al fisco, etc. Estaba lívido. A los dos días me informaron de que estaba en la clínica por un ataque al corazón. ¡Qué momento! Fui en seguida, le pedí a su actual y maravillosa mujer un momento a solas con él. Puse mi mejor careta de tristeza y dolor.

—Hola, Daniel, qué susto nos has dado.

—Alexia, déjalo, ya nos conocemos, conmigo no hace falta que actúes.

—Pero bueno, se pone bravo... ¿No me crees si te digo que en el fondo siempre te quise?

—Claro que no te creo. Tú nunca has querido a nadie en tu vida, reconócelo.

—Yo quería a quien me quería, es verdad, te lo aseguro. Antes de tener a la niña tú me querías y yo te lo devolvía, ¿acaso no te acuerdas?

—Alexia, ¿a qué has venido? Tú siempre tienes un propósito, ¿verdad? Esta mañana vino Miriam y justamente le dije que tramabas algo.

—Vaya, vaya, con Miriam. Ella sí que te quiere mucho, siempre tan amigos. En fin, lo de Miriam me da igual. ¿Te cuento un secreto?"

—Dispara, pero en seguida que termines vete, necesito descansar.

—Claro, la verdad es que estaba esperando el mejor momento para contártelo. Livia, tu querida hija, se quedó embarazada hace unos meses. Qué tonta, francamente.

—¿Qué me dices? No es cierto.

—Sí, pero no te preocupes, está todo arreglado.

—¿Qué has hecho? ¿Qué locura has hecho?

—Jajajaja, sí la verdad hice una bonita locura. Tuve la suerte de enterarme de la noticia gracias a una amiga suya, menos mal que pude intervenir, la muy loca se lo quería quedar. Conseguí llevarla a mi médico para que la convenciera para abortar.

—¿Cómo?, ¿estás loca? Sabes que esto no es correcto, en nuestra familia no se acepta el aborto. La has utilizado para hacerme daño, a tu propia hija.

—No me vengas con sandeces. Tú me

utilizaste a mí para tener un hijo y has conseguido romper nuestra relación por su culpa. Tengo derecho a vengarme, ¿no?

—Estás loca, completamente loca.

—Sí, lo que tú digas, pero la niña ya no está embarazada ¡y nunca más lo estará!

Cuando le conté a Daniel lo que había conseguido hacer, unas lágrimas cayeron por sus mejillas y fue un momento maravilloso para mí...

Los días que siguieron tuve que hacer un buen papel de mujer destrozada, pero no fue complicado. Cuando estuve sola en casa, después de la muerte de Daniel, me tomé una buena copa de cava, a mi salud. Me sentí tan poderosa. Livia estaba desconsolada. La mujer de Daniel, también. Miriam no se lo podía creer. En fin, fue todo fantástico y yo fui parte del desenlace.

Convencer a mi antiguo amante, Alfredo, para que le practicara un aborto a mi hija y que de paso le hiciera una ligadura de trompas, no fue tan sencillo. Pero cuando supo lo que podía perder, tuvo que agachar la cabeza y hacerme caso.

Fue una gran victoria. Ni Daniel ni yo tendríamos nietos. Para él fue el golpe final.

Para mí, la alegría más grande de mi vida. Y lo mejor es que Livia ni siquiera lo sabe. Todo perfecto.

Solamente me queda ocuparme de Miriam, no puedo dejar que sea feliz con Valeria. Mi plan está ya trazado, Miriam no se quedará nunca con Valeria.

Mi vida me ha dado muchas alegrías. La muerte de Daniel, Livia destrozada, la muerte de Carlota. Solo me queda Miriam. Necesitaré de todo mi ingenio para que no vuelva nunca más con Valeria. Y si para conseguirlo tengo que vender mi alma al diablo, lo haré. ¡Palabra de Alexia!